一日一首古詩詞‧冬

詠懷，賞析寄託於詩詞的複雜情感

陳光遠，陳秉志 著

詩詞乘載著無數情感與思想
從深邃蕭瑟的冬季長河到寒梅傲雪
在逆境中的堅持與等待
每日一首詩詞，鑑賞詩詞之美
在詩意濃厚的文字中尋找到生活的寓意

目錄

明朝驛使發，一夜絮徵袍。

素手抽針冷，那堪把剪刀。

裁縫寄遠道，幾日到臨洮。

　　　　　——唐・李白《子夜吳歌・冬歌》

冬日斜陽歲月感懷

十月・孟冬

　　千里黃雲白日曛，北風吹雁雪紛紛。

冬月・仲冬

　　邯鄲驛裡逢冬至，抱膝燈前影伴身。

臘月・季冬

　　故鄉今夜思千里，霜鬢明朝又一年。

十月

初一

早寒江上有懷

［唐］孟浩然

木落雁南度，北風江上寒。

我家襄水曲^①，遙隔楚雲端^②。

鄉淚客中盡，孤帆天際看。

迷津^③欲有問，平海^④夕漫漫^⑤。

📖 **注釋**

①襄水曲：漢水流經襄陽的轉彎處。②楚雲端：長江中游一帶雲的盡頭。③迷津：找不到渡口，指使人迷惘。④平海：寬廣平靜的江水。⑤漫漫：廣遠無際的樣子。

📖 **譯文**

樹葉飄落大雁南飛，江上北風蕭瑟分外寒冷。

我家就在襄水之邊，遠遠望去只隔楚雲之端。

淚水已在客鄉流盡，家人遙看天邊歸來的船。

心中迷惘欲問渡口，夕陽西下江水浩渺廣遠。

📖 **賞析**

　　詩人在長安求仕未成，沮喪地離開了長安，孤身一人到長江中下游一帶遊歷。秋風乍起，樹葉飄落，詩人站在江岸或江面小船上，遙望雲端，情感複雜，思緒迷茫，看到雁群南歸，孤帆駛過，觸發了詩人客中思歸的感情。

　　首聯葉落歸根，雁群南飛，江上北風，都是秋末冬初的典型景象，點出題目中「早寒江上」的時間、地點。這種事物的轉換、季節的更替，最容易勾發遊子的思鄉之情。

　　頷聯點明家鄉的具體位置。「襄水曲」和「楚雲端」就地成對，都是指襄陽的地理位置，也十分自然。「襄水曲」即襄陽，古屬楚國，故也稱「楚雲端」。「遙隔」則指詩人與故鄉遙遙相隔，表現出空間的遙遠，表達了詩人深深的思鄉之情。

　　頸聯的「鄉淚客中盡」，不僅點明思鄉情緒，而且把這種感情加以渲染。詩人將心中的苦楚化作思鄉淚，料想家人也一定在家鄉遙望天邊的歸帆，期盼他回來。此處「孤帆天際看」是巧妙地假託家人的相望，使詩意更為強烈。

　　尾聯「迷津欲有問」是用孔子問津的典故。當時孔子想從政，問隱士渡口之所在。而詩人本是隱士，卻想入仕，奔走於

各地求官不得，這種矛盾又無法解決，故以「平海夕漫漫」作結。滔滔江水，與海相平，漫漫無邊，把思歸濃濃的哀情和前路茫茫的愁緒都寄寓在這迷茫的黃昏江景中了。

📖 拓展

孔子六十三歲時，在陳蔡絕糧被困七日之後前往楚國。眼看目的地就要到了，可是前面有一條河流擋住了去路，於是孔子派＿＿＿＿前去向兩位隱士——長沮（ㄐㄩ）和桀（ㄐㄧㄝˊ）溺（ㄋㄧˋ）請教渡口的位置。長沮、桀溺不說渡口所在，反而嘲諷孔子，引出了孔子的一番慨嘆「鳥獸不可與同群，吾非斯人之徒與而誰與？天下有道，丘不與易也。」

A. 子貢　B. 子路　C. 顏回　D. 子夏

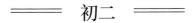
初二

聽彈琴

[唐] 劉長卿

泠泠①七弦②上，
靜聽松風③寒。
古調④雖自愛⑤，
今人多不彈。

注釋

①泠（ㄌㄧㄥˊ）泠：本指流水聲，此處指清幽的聲音。②七弦：古琴有七條弦，又稱瑤琴、玉琴、七弦琴，是中國傳統撥弦樂器。③松風：一指古琴曲《風入松》；一指琴聲優雅淒清，好像清風吹入松林。④古調：古時的曲調。⑤自愛：我很喜愛。

譯文

七弦琴清幽的曲調悠揚揮伏，靜聽琴聲淒清好似風入松林。

我雖然喜愛這種古時的曲調，但如今人們大多已不彈奏了。

賞析

這是一首託物言志詩。從對琴聲的讚美，轉而慨嘆古調受冷遇，流露出詩人孤高自賞、不同凡俗的情操以及抒發懷才不遇的悲憤之情。

前兩句寫聽琴，突出一個「聽」字。「泠泠」形容琴聲的清幽悅耳，好像「松風寒」一般。「靜聽」二字描繪出聽琴者聽琴入神的情態，從側面描寫琴聲的美妙，聽到「松風寒」之音，詩人以風入松林暗示琴聲的淒清，極為形象，引導讀者進入音樂的靜謐境界，這樣高雅平和的琴聲，常能喚發聽者幽清肅穆之感。

後兩句轉入議論性抒情，涉及當時音樂變革的大背景。戰亂紛爭的魏晉時期，士族階層出現大量文人、琴人，如「建安七

子」和「竹林七賢」等，此時「琴風」盛行，他們不僅彈奏，而且創作大量琴曲。南北朝時期，君主和士人都愛好音樂和文學，文人愛琴解音，風氣極盛，由於士族門閥制度對文人的限制，使得很多文人憤世嫉俗以琴書自娛。然而，到了隋唐時期流行燕樂歌舞，而古琴音樂發展受到一定制約，樂器則以西域傳入的琵琶為主。

「古調雖自愛」的「雖」字做轉折，從對琴聲的讚美進入對時尚的感慨。「今人多不彈」的「多」字反襯出知音稀少，點出主旨。七弦琴的古調雖然高雅肅穆，畢竟是陽春白雪，曲高和寡，今人多不彈了。

📖 拓展

琴是中國傳統民族樂器，由七條琴弦組成，古琴一般長約_____，面圓底扁，象徵天地，琴身與鳳身相應，有頭、頸、肩、腰、尾、足。琴音也被稱為「太古之音」、「天地之音」，「靜」可以說是琴音的最大特點，一般人聽琴樂能感到古琴的安靜悠遠。這裡的「靜」還有兩層意義，一是撫琴需求安靜的環境，二是撫琴更需安靜的心境。

A. 二尺八寸五　B. 三尺六寸五　C. 三尺四寸五　D. 三尺三寸三

初三

賦得古原草送別

[唐]白居易

離離①原上草，一歲一枯榮②。

野火燒不盡，春風吹又生。

遠芳③侵④古道，晴翠⑤接荒城。

又送王孫⑥去，萋萋⑦滿別情。

📖 注釋

①離離：茂盛的樣子。②枯榮：枯萎和茂盛。③芳：花草的香氣。④侵：侵犯，侵蝕。⑤晴翠：草木在陽光照耀下對映出的一片碧綠色。⑥王孫：本指貴族子弟，此處指遠方友人。⑦萋萋：草木長得茂盛的樣子。

📖 譯文

原野上長滿茂盛的青草，年年枯萎之後又會新生。

野火無法燒盡滿地野草，春風吹拂下又遍地重生。

遠處的芳草蔓延到古道，陽光下綠色連線至荒城。

又要在這裡送友人遠去，芳草繁茂滿含離別之情。

📖 賞析

　　這首詩是詩人準備應試的試帖習作。全詩透過對古原上野草的描繪，抒發送別友人時的依依惜別之情。

　　詩的前四句都是破「古原草」之題，首句即抓住「古原草」生命力旺盛的特徵，並用疊字「離離」描寫春草的茂盛狀態，「離離」還是《詩經》常用的起興手法，詩人精準地化用古文，為後文開啟很好的思路。第二句寫野草歲歲循環，生生不息的規律。兩個「一」字重複使用，展現一種年年歲歲循環不已的意味。值得注意的是，「枯榮」順序是先「枯」後「榮」，指從衰敗到復甦的過程和生機勃勃的氣象，在應試命題中更能拔得頭籌。「野火燒不盡，春風吹又生」是「枯榮」二字的發展，由單純的概念演變為具體的形象。古原的草就是野草，無人照料，無人看管，任憑火燒風吹，但其具有的頑強生命力令人嘆服。只要春天到來，一場春風化雨，野草又恢復了無限生機。前句寫「枯」，後句寫「榮」，「燒不盡」又與「吹又生」相對，妙句天成，對仗工整，也暗暗流露出詩人此次應試的心境。

　　「遠芳侵古道，晴翠接荒城」則將詩意重點回到「古原」上，以引出題目中「送別」之意。「遠芳」、「晴翠」都寫草，但已經更加具體，青草芳香瀰漫，在陽光照耀下對映出一片碧綠。「侵」、「接」二字是草木生命力在蔓延、擴展的動作描述，「古道」、「荒城」則扣題面的「古原」。結尾又化用《楚辭‧招隱士》

名句「王孫遊兮不歸，春草生兮萋萋」點明送別的題意，意境渾然天成，在「賦得體」中堪稱絕唱。

📖 拓展

「賦得體」是借古人詩句或成語命題作詩的一種詩體，詩題前一般都冠以「賦得」二字，這是古人學習作詩或文人聚會分題作詩或應試時命題作詩的一種方式。最早的「賦得體」詩是出現在＿＿＿＿＿，唐代比較出名的賦得體詩有王維、李肱、白居易等人的作品。

A. 唐朝　B. 南北朝的宋代　C. 南北朝的齊代　D. 南北朝的梁代

═══ 初四 ═══

登幽州臺歌

[唐]陳子昂

前①不見古人②，
後③不見來者④。
念⑤天地之悠悠⑥，
獨愴然⑦而涕下！

📖 注釋

①前：過去。②古人：古代那些能夠禮賢下士的聖君。③後：未來。④來者：後世那些重視人才的賢明君主。⑤念：想到。⑥悠悠：形容時間的久遠和空間的廣闊。⑦愴（ㄔㄨㄤˋ）然：悲傷悽惻的樣子。

📖 譯文

我向前看不見古之賢君，我向後望不見後世明主。

想到天地廣闊無窮無盡，倍感悲傷悽惻獨自淚流。

📖 賞析

陳子昂在官場接連受挫，當時他登上薊北樓，慷慨悲吟，寫下了這首詩。這首詩可以說是唐詩中一首非常獨特而富有意境的詩，人們第一次閱讀時就可以讀懂其中的意思，而這也是詩人的睿智，不必苛求精湛的技巧，卻能鞭辟入裡地揭示出主題。

「前不見古人，後不見來者」這裡的「古人」是指古代那些能夠禮賢下士的聖君，「來者」是後世那些重視人才的賢明君主。詩人登上幽州的薊北樓遠望，不禁悲從中來，以山河依舊、人物不同來抒發自己生不逢時的哀嘆。後兩句寫詩人心中的感慨，年少躊躇滿志，如今歷經滄桑，天地悠悠，人生匆匆，短短的幾十年，真如白駒之過隙。詩人看不見前古賢人，「古人」

也沒來得及看見詩人，所以他才「獨愴然而涕下」，這也是詩人報國之心得不到施展的吶喊。

全詩沒有描寫幽州臺的一草一物，而是直抒胸臆，充分說明詩人內心的孤獨、悲傷和憤慨積壓已久，當面對這蒼茫寬廣的景物時，飽滿的感情瞬間迸發。詩人使用長短不齊的句法，抑揚變化的音節，更增添了藝術感染力。

陳子昂直言敢諫，對武後朝堂的不少弊政常常提出批評意見，不為武則天採納，並曾一度因「逆黨」株連而下獄。詩人另一首《郭隗》詩雲：「逢時獨為貴，歷代非無才。隗君亦何幸，遂起黃金臺。」結合來看，陳子昂的孤獨寂寞與柳宗元「千山鳥飛絕，萬徑人蹤滅」的孤獨不同；與王安石「茅簷相對坐終日，一鳥不鳴山更幽」的寂寞不同；也與李白「眾鳥高飛盡，孤雲獨去閒」的孤閒不同，而是在那個特殊的時代，抒發自己理想破滅後、弔古傷今、孤獨遺世的落寞情懷。

📖 拓展

幽州臺即黃金臺，亦稱招賢臺，據《戰國策》記載，黃金臺為戰國時期燕昭王所築，為燕昭王尊師郭隗（ㄨㄟˇ）之所。故址約在今河北保定市定興縣高里鄉。具有政治見識和政治才能的陳子昂眼看報國宏願成為泡影，登上薊北樓，慷慨悲吟，寫下了這首_____《登幽州臺歌》。

A. 五言律詩　B. 七言古詩　C. 七言絕句　D. 樂府詩

立冬

贈劉景文

[北宋]蘇軾

荷盡①已無擎②雨蓋，

菊殘③猶有傲霜枝。

一年好景君須記，

最是④橙黃橘綠⑤時。

📖 **注釋**

①荷盡：荷花枯萎，殘敗凋謝。②擎：向上托，舉。③菊殘：菊花凋謝。④最是：一作「正是」。⑤橙黃橘綠：橙子發黃、橘子將黃猶綠。

📖 **譯文**

荷花凋謝已無像雨傘一樣托起的荷葉，菊殘只剩下傲霜挺拔的枝幹。

一年中最好的景緻你要記住，就是在橙子發黃，橘子猶綠的時節啊。

📖 賞析

這是一首贈送友人的詩，也是一首託物言志詩。蘇軾在杭州知州時結識劉景文，稱讚他為「慷慨奇士」、「國士無雙」，並推薦他做官。蘇軾借「橙黃橘綠」的好風景，比喻人到壯年，雖青春已逝，但也是人生成熟、大有作為的黃金階段，勉勵劉景文要珍惜這段大好時光，樂觀向上，努力不懈。

前兩句寫秋末冬初的景色。「荷」出淤泥而不染，本為高潔品質的象徵，唯獨到了秋末，荷花只剩下殘莖，連枯葉也已經不復存在了。「菊」凌霜而開，傲雪不屈，高雅純潔，象徵正直不阿。到了冬初，亦枝葉全無，唯有那挺拔的枝幹鬥風傲霜。詩人抓住「荷盡」、「菊殘」描繪出秋末冬初的一片蕭瑟景象。「已無」與「猶有」形成強烈對比，是這個時節無法取代的美，「傲霜枝」形象鮮明，突出菊花傲霜鬥寒的形象，為下文做好鋪墊。

後兩句是對友人殷切的叮嚀。人人皆以秋冬之寒為苦，詩人卻偏偏讚之為「一年好景」，且殷切囑咐「君須記」，很有新意。所謂「最是橙黃橘綠時」，是金秋乍逝、百物豐收的季節，「橙黃橘綠」色彩鮮明，一掃秋日寒風，冬日陰霾，又呈現出一派勃勃生機的景象。與夏日亭亭玉立的荷花，秋日燦爛耀眼的菊花不同，「橙黃橘綠」還給人一種成熟穩重、不蔓不枝的美感。

己心溫暖，則世間溫暖；己心嫵媚，則世間嫵媚。一個樂觀的人，心中自有陽光。蘇軾認為劉景文的才華出眾，只可

惜因為他父親劉平在對西夏戰爭中曾經被俘，所以一直未被重用。蘇軾曾上表《乞擢用劉季孫狀》以推薦，還贈此詩以茲勉勵。當時劉景文已五十八歲，自感朝不保夕，難免有遲暮之感，蘇軾希望他振作起來，不要因老病困苦而長此頹廢下去，不要被困難和逆境迷失方向，凡事保持樂觀和積極的態度，人生才能無憾和圓滿。

📖 拓展

　　劉景文為人慷慨，蘇軾詩詞又是豪放派，劉景文是個美髯公，蘇軾又被稱為「髯蘇」，劉景文喜藏書，蘇軾又是當朝著名文人，兩人情投意合，成為知己。蘇軾第二次到杭州做 ＿＿＿＿＿官任知州。用太后的恩寵，請求特別撥款，在杭州疏濬西湖，也得到了劉景文的大力支持。

　　A. 樞密使　B. 樞密直學士　C. 龍圖閣學士　D. 中書舍人

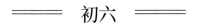

初六

於易水①送人

[唐] 駱賓王

　　此地別燕丹②，
　　壯士③髮衝冠④。

昔時人已沒⑤，

今日水猶寒。

📖 注釋

①易水：也稱易河，位於今河北省境內，為戰國時燕國的南界。②燕丹：燕太子丹。③壯士：意氣豪壯而勇敢的人。此處指荊軻。④髮衝冠：形容人極度憤怒，因而頭髮直立，把帽子衝起來了。⑤沒（ㄇㄛˋ）：同「歿」，死。

📖 譯文

在易水邊告別了燕太子丹，意氣豪壯的荊軻頭髮衝冠。

昔日的壯士英豪已經不在，今天的易水仍然那樣淒寒。

📖 賞析

西元六七八年，武則天臨朝稱制期間，駱賓王入朝為侍御史，他多次上書諷刺武后臨朝之事，觸怒武則天而入獄。次年，他遇赦被釋放後，曾奔赴幽燕一帶，經易水時送人有感而作。詩人感嘆為國之大義，犧牲自己性命也在所不辭，在歌頌荊軻英勇無畏的同時，表達自己心中對荊軻精神的崇敬之意。

前兩句透過詠懷古事，概括了悲壯的送別場面，道出詩人送別友人時激昂慷慨的心情。「此地」指易水，易水源自河北易縣，是戰國時燕國的南界。「壯士」指荊軻，戰國時衛國人，

喜好讀書擊劍，為人慷慨俠義。荊軻奉燕太子丹命入秦刺殺秦王，太子丹送他到易水岸邊，臨別時，荊軻怒髮衝冠，慷慨激昂地唱《易水歌》。荊軻的離別是世上最悲壯的離別，知道是死路，依然慷慨赴之，詩人彷彿還能聽到歌聲縈繞在心頭，從而為下文抒情做了氣氛鋪墊。

後兩句懷古傷今，抒發了詩人的無限感慨。「昔時人」不僅指荊軻，而且也包括燕太子丹。荊軻歷來被奉為俠肝義膽的壯士，而燕太子丹是被後世稱頌的禮賢下士的楷模。詩人對這兩位「已沒」的古人充滿了敬意，也不免感嘆武后把持朝政的現實時局。「寒」字寓意豐富，深刻地表達了詩人對歷史和現實的感受。歷史的「寒」是「已沒」的荊軻、太子丹未能挽救燕國國運，現實的「寒」是對今日武后專權、世風日下的狀況而感到心寒。詩人借易水感懷荊軻之事，既是對自己的一種慰藉，也是對友人的一種激勵。這一古一今，一明一暗，兩條線索同時交代，最後統一在「寒」字上，將全詩融為一體。

📖 拓展

西元前二二六年，秦將王翦已經攻破趙國的都城，大軍挺進燕國南部邊界。太子丹穿著白衣戴著白帽到易水岸邊為荊軻送行，荊軻一邊向前走一邊唱道：「風蕭蕭兮易水寒，壯士一去兮不復還！」送行的人無不慟哭流淚。事敗後荊軻被殺，太子丹被_____所殺，將其首級獻給秦王。西元前二二三年，秦軍俘

虜燕王喜，燕國滅亡。

　　A.秦將王翦　B.父親燕王喜　C.武士秦舞陽　D.秦將
樊於期

─── 初七 ───

回鄉偶書二首（其一）

〔唐〕賀知章

　　少小離家①老大②回，
　　鄉音無改鬢毛衰③。
　　兒童相見不相識，
　　笑問客從何處來。

📖 **注釋** ···

　　①少小離家：賀知章在西元六九五年（約三十六七歲）中狀
元，在此以前就離開家鄉。②老大：年紀大了。賀知章回鄉時
已年逾八十。③衰：一讀ㄕㄨㄞ，指人老時鬢髮疏落變白；一
讀ㄘㄨㄟ，作名詞意思為從上到下的次序，作動詞意思為減少。

📖 譯文

年少時離開家鄉年老才回來，鄉音雖未改變可鬢髮已斑白。

家鄉的孩童見到我都不認識，還笑著詢問我從哪裡來的呀。

📖 賞析

這是一首久客異鄉、返回故里的感懷詩。組詩中第一首是寫詩人初回故鄉之時，山河依舊，人事不同，抒發了詩人久居他鄉、回鄉後喜悅中夾雜的傷感之情。第二首詩流露出詩人對生活變遷、歲月滄桑、物是人非的感慨。此為第一首。

賀知章是狀元出身，官至祕書監太子賓客，是三品高官，生逢盛世，加之仕途順風順水，性格瀟灑快樂，故一生愁少樂多。前兩句「少小離家老大回，鄉音無改鬢毛衰」直寫賀知章中進士前就離開家鄉，此後一直在京城做官，再次回到家鄉，已經八十六歲，這中間相隔了整整五十年。即使在京城生活了五十年，自己始終操著家鄉話，鄉音就是家鄉的胎記。不過，當年離家的時候，還是風華正茂的青年才子，如今重返故園，已是垂垂老矣的耄耋老翁。自己的「老大」之態，加以不變的「鄉音」映襯已變化的「鬢毛」，看著熟悉而又陌生的風景，不免撫今追昔，感慨萬千。

三、四句借兒童的活力映襯自己的衰老。「兒童相見不相識」極富生活情趣，委婉含蓄地表現了詩人回鄉歡愉之情和人

世滄桑之感，生動形象地展現了一幅人老還鄉、葉落歸根的畫面，充分表現了詩人對故鄉的眷戀與熱愛之情，使人非常感動。結句「笑問客從何處來」只是淡淡地一問，欲言又止，而弦外之音卻如空谷傳響，久久不絕。這兩句看似樸實無華，毫不雕琢，卻能讓人讀之倍感物是人非。

📖 拓展

　　賀知章是歷史上第一位有數據記載的狀元。他在武則天時期，中乙未科狀元，開始了長達五十年的宦海生涯。他為人曠達不羈，好酒，曾與李白「金龜換酒」，一醉方休，還舉薦李白入宮面見唐玄宗，李白得以進入翰林。他晚年求還鄉里，唐玄宗以御製詩贈之，皇太子率領文武百官出城餞行。返回故鄉＿＿＿後寫下《回鄉偶書二首》，不久後病逝，享年八十六歲。

　　A. 江蘇　B. 浙江　C. 江西　D. 安徽

====== 初八 ======

芙蓉樓送辛漸（其一）

[唐] 王昌齡

　　寒雨連江①夜入吳②，
　　平明③送客楚山④孤。

洛陽親友如相問，

一片冰心⑤在玉壺⑥。

📖 注釋

①連江：雨水與江面連成一片，形容雨很大。②吳：江蘇鎮江一帶為三國時吳國所屬。③平明：天剛亮的時候。④楚山：楚地的山。這裡的楚也指鎮江市一帶。⑤冰心：像冰一樣晶瑩、純潔的心。比喻心地純潔、表裡如一。⑥玉壺：玉製的壺。比喻高潔。

📖 譯文

吳地夜裡冷雨與江面連成一片，天亮送走好友後連楚山也顯得孤單。

如果洛陽有人打聽起我的情況，就說我心還像玉壺中的冰一樣純潔。

📖 賞析

芙蓉樓，在潤州（今江蘇省鎮江市）西北，原名西北樓。登臨可以俯瞰長江，遙望江北。這是詩人在此送別朋友辛漸時所作的組詩，共兩首。第一首寫早晨詩人在江邊送別辛漸的情景，第二首寫晚上詩人在芙蓉樓上為辛漸餞別的情景。此為第一首。

首句寫景，並點明時令。「連」、「入」兩字，將江南綿綿陰

雨和蕭蕭寒風連在一起，「連」字把寒雨的氣勢寫得浩渺無際，「入」字把夜雨的形態寫得極富動態。淒冷、迷濛的煙雨籠罩著吳地江邊，渲染出離別的淒涼氣氛。次句全盤托出詩人心境。天亮的時候朋友離開此地開始遠行，詩人遙望遠山，孤寂之感油然而生，竟然連蒼茫巍峨的「楚山」都顯得孤獨、淒苦。古時江蘇一帶是吳楚兩國相交之地，素有「吳頭楚尾」之稱，故詩人既用「吳」又用「楚」來指明送別的地點。「孤」字不僅表現了友人相別時的傷悲之情，更有一份詩人人生際遇的苦澀滋味在其中。

後兩句是臨別託意，表白心跡。西元七三八年，王昌齡因「不矜小節，謗議沸騰，兩竄遐荒」而謫赴嶺南。西元七三九年，詩人四十二歲時遇赦北還，後又被派往江寧任縣丞。經過這樣的人生沉浮之後，王昌齡的心情非常鬱悶，而辛漸是詩人的朋友，這次擬由鎮江渡江，北上洛陽，王昌齡繼續留在吳地，託朋友回到洛陽給親友傳個口信，傳達自己依然冰清玉潔、堅持操守的信念。「一片冰心在玉壺」承上句「問」字作答，表達其雖遭遠謫，然其凜凜正氣的性格不變，堅貞不屈的意志未改，表裡如一的品格如故，可謂妙語天成，含蓄雋永。

📖 拓展

王昌齡做了汜水尉幾年後被貶任江寧丞。他故意遲遲不去報到，赴江寧任所的路走得特別漫長，一住就是半年，每天借

酒消愁，到江寧後結識了辛漸，成為志同道合的朋友，所以詩中才說「_____親友如相問，一片冰心在玉壺。」

A. 洛陽　B. 鎮江　C. 江寧　D. 開封

═══ 初九 ═══

客中作

[唐]李白

蘭陵①美酒鬱金香②，

玉碗盛來琥珀光。

但使③主人能醉客，

不知何處是他鄉。

📖 注釋

②蘭陵：今山東省臨沂市蘭陵縣。②鬱金香：一種美酒。用散發香氣的一種香草浸酒，浸酒後呈金黃色。③但使：假使，如果。

📖 譯文

山東蘭陵盛產美酒，金黃芳香，美酒盛在玉碗裡色澤如琥珀。

只要能與主人同飲，一醉方休，哪裡還管這是家鄉還是異鄉。

📖 **賞析** ··

李白重友情，嗜美酒，愛遊歷的個性特點在這首詩中表現得淋漓盡致。詩中抒寫了詩人身雖為客，卻樂而不覺身在他鄉的樂觀情感，讚美了蘭陵美酒的清醇、主人招待的熱情和詩人豪邁灑脫的精神境界。

「蘭陵美酒鬱金香，玉碗盛來琥珀光」點出做客之地在今山東蘭陵。「蘭陵美酒」源遠流長，可以追溯到三千多年前的商代，自古以來，一直是以黍米為原料進行釀造的，歷史上稱「東陽酒」、「蘭陵酒」、「蘭陵美酒」、「金花酒」、「金華酒」等。「主人」將「蘭陵美酒」用鬱金香加工浸製，帶著醇濃的香味，盛在晶瑩潤澤的「玉碗」裡，看上去猶如「琥珀」一樣光豔。「美酒」和「鬱金香」，「玉碗」和「琥珀光」均在描寫這地方佳釀，色澤清冽，酒香撲鼻，從中看出詩人面對這碗美酒，流露出愉悅興奮之情。

後兩句展現詩人樂在其中、流連忘返的情緒。李白離開長安後遊歷在今山東境內，感受此地的物華天寶、人傑地靈，加之山東好客的傳統文化，讓李白思念故鄉的心情得到緩解。「能醉客」是一種主動的流連忘返情緒，故鄉還是他鄉？這些思緒都在蘭陵美酒面前被沖淡了。「不知何處」形象地展現李白自由

率真、豪放縱逸的一面，無論在現實生活中，還是在詩詞文章中，李白都毫不掩飾、不加節制地抒發感情，表達出他真實的喜怒哀樂。

蘇軾曾有詞「萬里歸來顏愈少」、「此心安處是吾鄉」，無論世事多麼艱難，都要給心靈找到一處安放之所。「但使主人能醉客，不知何處是他鄉」非常符合李白的性格，因而具有高度的生活真實性和強烈的藝術感染力。

📖 拓展

「李白斗酒詩百篇，長安市上酒家眠。天子呼來不上船，自稱臣是酒中仙」。詩人_____曾作《飲中八仙歌》，將當時號稱「飲中八仙人」的李白、賀知章、李適之、李璡（ㄐㄧㄣˋ）、崔宗之、蘇晉、張旭、焦遂八人從「飲酒」這個角度連繫在一起，表現了他們嗜酒如命、放浪不羈的性格，展現出文人士大夫樂觀、豁達的精神風貌。

A. 白居易　B. 蘇軾　C. 劉禹錫　D. 杜甫

初十

別董大（其一）

［唐］高適

千里黃雲①白日曛②，

北風吹雁雪紛紛。

莫愁前路無知己，

天下誰人③不識君？

📖 注釋

①黃雲：黃色的雲。因邊塞風沙大，天上的雲在陽光照耀下呈現黃色。②曛（ㄒㄩㄣ）：落日的餘光。③誰人：哪個人。

📖 譯文

漫天黃雲連白日也顯得黯淡，大雁在風雪中向南飛去。

不要擔心前路沒有知心朋友，天下的人誰不賞識您呢？

📖 賞析

這是一組送別詩，共兩首，此為第一首，沒有寫兩人分別時的愁傷，而是將分別時的氣氛寫得慷慨激昂，激動人心。第二首寫自己窮困不堪，相逢掏不出酒錢，但並沒有因此沮喪。兩首詩都給人一種滿懷信心的感受。

前兩句用白描手法寫眼前之景。與唐人贈別詩篇中那種灞橋柳色、渭城風雨不同，開篇就呈現了一派冬日蕭索淒寒的景象，天上的太陽黯淡無光，雲層夾雜著黃沙顯得特別陰沉，北風呼嘯，大雪紛飛，在風雪瀰漫的天地之間，大雁孤獨地飛過，穿過風雪飛向遙遠的南方。「北風吹」、「雪紛紛」無不淒苦寒涼，以「雁」的匆匆南遷襯托離別的情緒。高適是盛唐時期「邊塞詩派」的領軍人物，雄渾悲壯是他邊塞詩的突出特點。寫此詩時，兩人相會於睢陽（今河南商丘市），由此可見前兩句既是自然景色，又新增上想像的成分，有虛有實，虛實相間。

後兩句「莫愁前路無知己，天下誰人不識君」是對朋友的勸慰，成為流傳千古的名句。從組詩中第二首可知，此時詩人窮困潦倒，在如此荒涼的時候與朋友分別，而且前路漫漫，本應傷感，詩人卻一掃憂鬱，猛然振起，猶如刺破陰雲的燦爛陽光，打破幽寂的嘹亮號角。據說，董大曾以高妙的琴藝受知於宰相房琯。高適這兩句不僅緊扣董大為知名琴師，天下傳揚的特定身分，而且把人生知己無貧賤、天涯處處有朋友的意思融入其中。臨別時，詩人告訴朋友，要永遠充滿信心和力量，要精神抖擻地去奮鬥、去打拚，這種慷慨激昂、雄壯豪邁的精神，堪與王勃的「海內存知己，天涯若比鄰」相媲美。

📖 **拓展** ··

　　高適三十二歲赴長安應試落第後，返回宋州，在長達十年的遊歷中，雖窮困不堪，卻沒有因此沮喪沉淪。而此時＿＿＿已在音樂成就上極負盛名，成為當時家喻戶曉的演奏家。高適也略懂音律，非常欣賞其才能，兩人惺惺相惜。西元七四七年，五十多歲的董大被迫離開長安，高適與其相會於宋州睢（ㄙㄨㄟ）陽（今河南商丘市睢陽區），寫了《別董大》二首，千古流傳。

　　A.董庭蘭　B.董蘭庭　C.董純　D.董晉

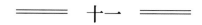

十一

八陣圖

〔唐〕杜甫

　　功蓋①三分國，
　　名成八陣圖②。
　　江流石不轉③，
　　遺恨失吞吳④。

📖 注釋

①蓋：壓倒，超過。②八陣圖：三國時期蜀漢丞相諸葛亮推演由八種陣勢組成的一種陣法。③石不轉：指漲潮時，八陣圖的石塊仍然不動。④失吞吳：是吞吳失策的意思。

📖 譯文

你在三國鼎立時，功績最為卓著，創製八陣圖後，更是名垂千古。

任憑江流的衝擊，石塊依然不動，劉備吞吳失策，不免遺恨終生。

📖 賞析

這是杜甫於西元七六六年初到夔（ㄎㄨㄟˊ）州（今重慶市奉節縣）時做詠懷諸葛亮的詩。全詩既是懷古，又是抒情，情中有懷，言外有意。與其說是在寫諸葛亮的「遺恨」，不如說是杜甫在為諸葛亮惋惜，並在這種惋惜之中滲透了自己的憂鬱情懷。

前兩句讚頌諸葛亮的豐功偉業，尤其稱頌他在軍事上的才能和建樹。諸葛亮從陳說三分天下之計開始，初出茅廬，聯合東吳孫權於赤壁大敗曹軍，形成三國鼎足之勢，又奪占荊州，攻取益州，奪得漢中，到西元二二一年，劉備在成都建立蜀漢政權，諸葛亮被任命為丞相，主持朝政，可謂功績最為卓絕。

杜甫從宏觀層面給予諸葛亮「功蓋三分國」的整體評價。八卦陣是諸葛亮軍事思想的最高展現。該陣法非常複雜，變化多端，能困住和抵擋十萬大兵，據說諸葛亮是根據前人的圖陣理論，融合了易學等學說創造出來的，如今竟然沒人能再研究出如此複雜精妙的圖陣。「名成」一作「名高」，是杜甫從具體事務層面給予諸葛亮崇高的讚譽。

後兩句對劉備吞吳失利，葬送了諸葛亮聯吳抗曹、統一中原的宏圖大業，表示惋惜。詩人的思緒拉回現實，「江流石不轉」表明杜甫是對著遺址抒發感慨的。「石不轉」化用了《詩經·國風·邶風·柏舟》中「我心匪石，不可轉也」詩句，表達諸葛亮一生對蜀漢政權忠貞不貳，對統一大業矢志不移，心如磐石一般不可動搖。「遺恨失吞吳」說劉備吞吳失計，破壞了諸葛亮聯吳抗曹的根本策略，以致統一大業中途夭折，而成了千古遺恨，不免令人扼腕嘆息。

📖 拓展

八陣圖遺蹟位於今成都市青白江區。「八陣圖」指由天、地、風、雲、龍、虎、鳥、蛇八種陣勢所組成的軍事操練和作戰的陣圖，是諸葛亮集前人經驗的一項偉大創造，反映了他卓越的軍事才能。在諸葛亮死後不久，曾看到諸葛亮的營壘，稱讚其為「天下奇才」。

A. 司馬昭　　B. 司馬炎　　C. 司馬懿　　D. 曹丕

═══ 十二 ═══

逢俠者①

[唐]錢發

燕趙②悲歌③士，

相逢劇孟④家。

寸心⑤言不盡，

前路日將斜。

📖 注釋

①俠者：豪俠仗義之士。②燕趙：古時燕國、趙國。③悲歌：悲壯地歌唱。荊軻刺秦王，臨行時，燕太子丹送行於易水，高漸離擊築，荊軻歌「風蕭蕭兮易水寒，壯士一去兮不復還。」④劇孟：漢代著名的俠士，洛陽人。⑤寸心：心裡。

📖 譯文

燕趙自古多慷慨悲壯之士，今天我們相逢於俠士的故鄉。

心中的事向你訴說不完呀，無奈太陽西斜只能就此分別。

📖 賞析

這是一首因路遇俠者而寫的贈別詩。燕文化的形成以燕昭王的報復伐齊和燕太子丹的謀刺秦王為主要標誌，趙文化的形

成以趙武靈王的「胡服尚武」為主要標誌。燕、趙兩國出了許多勇士，因此後人就用「燕趙人士」指代俠士。

「相逢劇孟家」指出兩人相逢於洛陽道中。「劇孟」是洛陽人，西漢著名游俠，他愛打抱不平，扶弱濟貧，不求報酬，因此名揚於諸侯。他的母親身故時，前來送葬的車達千乘之多。吳楚叛亂時，西漢名將周亞夫由京城去河南，得劇孟，十分喜悅，他認為劇孟的能力可頂一個侯國。詩人與「俠者」的相逢重點提及「劇孟家」，是特別突出了所遇「俠者」的高大形象，幾乎可以與聞名遐邇的劇孟相媲美。

「言不盡」是詩人與「俠者」彼此傾心交談，有著說不盡的話語。真正的俠客和俠義精神的形成與墨家有關，而墨子的思想是多方面的，其中與俠客精神形成關係最大的是他的「兼愛」思想，墨家提倡「必使饑者得食，寒者得衣，勞者得息，亂則得治。」詩人與「俠者」有著共同的思想和共同的話語，所以「相逢」時才會「言不盡」。無奈太陽快要落山了，雖然意猶未盡也只好依依不捨地分手告別。「日將斜」顯示天色漸晚，正是因為天下沒有不散的筵席，這份感情才特別珍貴。俠道無愧無求，劍道快意恩仇，而「前路」則暗指俠客的前路一定充滿風險，一定是艱辛坎坷的，表達對朋友漫漫前路的一些擔憂。

📖 拓展

河北古稱燕趙，以今北京為中心是燕，以今邯鄲、邢臺為中心是趙，燕趙的分界線在今保定。古老的燕趙文化，樸實豪放的民風，造就了世代相傳的燕趙俠風。韓愈有句名言「燕趙多慷慨悲歌之士」，以下名人不屬於燕趙俠士。

A. 荊軻、趙奢　B. 廉頗、藺相如　C. 趙雲、張飛　D. 吳發揮、孫武

═══ 十三 ═══

偶書

[唐]劉叉

日出扶桑①一丈高，
人間萬事細如毛。
野夫②怒見不平處，
磨損③胸中萬古刀④。

📖 注釋

①扶桑：神話傳說中的大樹，生長在日出的地方，用來稱東方極遠處或太陽出來的地方。②野夫：草野之人，農夫。此處用作自己的謙稱。③磨損：因摩擦、使用造成材料的耗損。一作「磨盡」。④刀：武器。此處指詩人的正義感。

📖 譯文

每天太陽從東方升起時，人世間多如牛毛的事情便開始發生。

很多不平之事令我憤懣，把胸中那把俠義之氣的刀都磨損了。

📖 賞析

詩人在世時，正是唐代宦官專權、藩鎮割據、外族侵擾的混亂時期。詩人是個富有正義感的人，經常看到善良的人受到欺壓，貧窮的人受到勒索，正直的人受到排斥，多才的人受到冷遇，故而將自己內心無形的正義感比喻成有形的刀，將心中的複雜情緒和俠義、剛烈的個性鮮明地表現出來。

前兩句「日出扶桑一丈高，人間萬事細如毛」彷彿脫口而出，極其質樸，不做修飾，不求新奇，就像一個心直口快的俠客傾吐心中之事。每天太陽從東方升起，許多不合理的事情便一一發生，每當這種時候，詩人便憤懣不平，怒火中燒了。

後兩句表明憤怒的、看不慣的事情太多，多得把胸中正義感都磨盡了。「野夫」指詩人自己，與其出身卑微，身高力大，殺牛宰豬、行酒仗義的形象十分吻合。詩人有自幼形成的「尚義行俠」秉性，他的正義感猶如一把藏在內心的、鋒利的、寒光閃閃的、戰場上的寶刀。詩人胸中的「刀」是俠義之氣，劍客

所為，從「不平處」可略見一斑。然而，路見不平卻不能拔刀相助，滿腔正義的怒火鬱結在心裡，匡世濟民的熱忱只能埋藏心底，現實中無法傾瀉，結果卻不得不「磨損胸中萬古刀」了。

📖 拓展

《唐才子傳》中記載，劉叉年輕時「任俠」，還因酒殺人，亡命天涯，等到朝廷大赦才得以脫罪，開始改過，發奮讀書，後來竟能寫一手好詩，完成了從「逃犯到詩人」的華麗轉型。當時，寫墓誌銘收費極高，是當時有名的寫墓誌銘專家，能請到這樣一位名人寫墓誌銘，更是一種身分象徵，豪門望族都重金禮聘。劉叉對他的這種生財之術頗為不齒，竟理直氣壯地拿走了其寫墓誌銘的錢，從此遊走江湖，不知去向。

A. 張九齡　B. 韓愈　C. 元稹　D. 上官儀

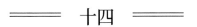

十四

勸學

[唐]顏真卿

三更燈火五更雞，

正是男兒讀書時。

黑髮①不知勤學早，

白首②方③悔讀書遲。

📖 注釋

①黑髮：年少時期，此處指少年。②白首：頭髮白了，這裡指老年。③方：才，剛剛。

📖 譯文

三更還在學習五更又聞雞而起，一晚一早正是男兒讀書的大好時間。

青少年如果不知道要勤奮學習，到老年才後悔沒有用功讀書就遲了。

📖 賞析

顏真卿三歲喪父，母親殷夫人將其一手帶大，實行嚴格的家庭教育，親自督學。他長大後，寫出一手好文章，但多本文集在流傳的過程中已經失散，這首《勸學》希望人們重視後天學習，以加強自身的行為修養，一直被人們用以勉勵孩子勤學之用。

中國自古就有勸學的傳統，「勸學」一詞出自《荀子》一書的首篇。顏真卿的《勸學》更加直白入話，不做雕飾。「三更燈火五更雞，正是男兒讀書時」正是顏真卿勤奮求學的真實寫照。三更時燈還亮著，熄燈躺下稍稍歇息不久，五更的雞就叫了，還要馬上起床讀書。「更」是古時夜間計算時間的單位，一夜分五

更，夜裡有人專門負責計時和報時，戌時敲一記鑼，連續敲兩記梆，這為一更天；亥時敲鑼聲兩記，敲梆兩次，這是二更天；三更天之後，梆子只敲一記就記為一次。

第三、四句表達年輕的時候不好好學習，到年紀大了，再想奮發學習也晚了。用「黑髮」借代青少年，用「白首」借代老年。突出學習要趁早，不但是作息時間的早，更重要的是趁精力充沛、思維活躍、頭腦敏捷的時候抓緊一切時間用在學習上。顏真卿在母親的言傳身教下，自己也是這樣做的。據說，顏真卿的外祖父是位書畫家，母親也是一位知書達理的女性。他們見顏真卿很聰明，就教他讀書、寫字。顏真卿練起字來很專心，一筆一畫從不馬虎，一寫就是大半天。自己用碗當「硯臺」，用刷子當「筆」，碗裡的黃泥漿就是「墨」，每日用功，孜孜以求，從不懈怠，勤學苦練，終成一代書法家，締造了一個獨特的書法境界。

📖 **拓展** ··

顏真卿在書法成就方面，吸取前人各家長處，字形由初唐的瘦長變為方形，方中見圓，具有向心力，徹底擺脫了初唐的風範，創造了新時代的書風。與趙孟頫、柳公權、_____並稱為「楷書四大家」。與柳公權並稱「顏柳」，有「顏筋柳骨」之譽。

A. 歐陽修　B. 張旭　C. 歐陽詢　D. 褚遂良

十五

望月有感

［唐］白居易

時難年荒①世業②空，弟兄羈旅③各西東。

田園寥落④干戈⑤後，骨肉流離道路中。

弔影⑥分為千里雁⑦，辭根⑧散作九秋蓬⑨。

共看明月應垂淚，一夜鄉心⑩五處同。

📖 注釋

①時難年荒：指遭受戰亂和災荒。②世業：家業。③羈（ㄐ一）旅：寄居他鄉。④寥落：冷落，冷清。⑤干戈：代指戰爭。⑥弔影：形容非常孤單，沒有伴侶。⑦千里雁：比喻兄弟們如孤雁離群。⑧辭根：比喻兄弟們背井離鄉。⑨九秋蓬：深秋時節的蓬草，比喻在異鄉漂泊。⑩鄉心：思念家鄉的心情。五處：即浮梁、於潛、烏江、符離、下邽（ㄍㄨㄟ）五處。

📖 譯文

受戰亂和災荒影響家業已無，兄弟各自逃難漂泊寄居他鄉。戰亂導致家中田園荒蕪寥落，親人流離失所逃散在道路中。我們像相隔千里的離群孤雁，好似斷了根的秋蓬四處漂泊。兄弟們共看明月應都在落淚，夜裡我們思鄉之情五地相同。

📖 賞析 ∙∙∙

　　這是一首感情濃郁的抒情詩。全詩意在敘述戰亂給家庭帶來的災難，懷念諸位兄弟姊妹，表達了身世飄零的感傷情緒。此詩的題目很長，全名是《自河南經亂關內阻饑兄弟離散各在一處因望月有感聊書所懷寄上浮梁大兄於潛七兄烏江十五兄兼示符離及下邽弟妹》，長達五十個字。題中直接交代了寫作的原因和背景。

　　前四句交代在這戰亂和災荒的年代裡，祖傳的家業蕩然一空，一片寥落淒清。兄弟姊妹四散各地，田地荒蕪，雜草叢生。骨肉親人們還漂泊於異鄉的道路中。描寫了戰亂帶給人們的深重災難。

　　後四句詩人以「雁」、「蓬」作比，手足離散各在一方，猶如分飛千里的孤雁，只能顧影自憐，又像深秋中斷根的蓬草，隨風飄散。「影」、「雁」、「根」、「蓬」形象而傳神地寫出詩人飽經戰亂，兄弟離散的飄零之苦。結尾，詩人用「明月」這一自古以來就容易引人遐思的美好意象點明題意。孤單的詩人淒惶中夜深難寐，舉首遙望孤懸夜空的明月，情不自禁聯想到飄散在各地的兄弟姊妹們。這種孤單，這種無助，這種思念，在流散五處親人骨肉的心中，也都是相同的。全詩句句緊扣主題，手足之情，感人至深，充滿憂慮，情韻動人。

📖 拓展

因「河南經亂」平叛時間較長，使得「關內阻饑」。兄弟姊妹們四散在浮梁、於潛、烏江、符離、下邽五處，此時白居易身在_____。詩中以「千里雁」、「九秋蓬」作比，形象生動地寫出了手足離散、天各一方、飄無定所、孤苦淒涼的傷悲感情。

A. 於潛　B. 烏江　C. 符離　D. 下邽

═══ 十六 ═══

赤壁

[唐] 杜牧

折戟沉沙①鐵未銷，
自將②磨洗③認前朝。
東風④不與周郎⑤便，
銅雀⑥春深鎖二喬⑦。

📖 注釋

①折戟（ㄐㄧˇ）沉沙：斷折的戟沉埋在沙裡。形容慘烈戰鬥之後的戰場遺蹟。②自將（ㄐㄧㄤ）：自己拿著。③磨洗：摩擦沖洗。④東風：指火燒赤壁之事。⑤周郎：指三國時吳國周瑜。⑥銅雀：即銅雀臺，樓頂裡有大銅雀，是曹操暮年行樂處。

故址在今河北省邯鄲市臨漳縣。⑦二喬：三國時喬國老的兩個女兒，容貌美麗。大喬嫁給孫策，小喬嫁給周瑜。

📖 **譯文** ┈┈┈┈┈┈┈┈┈┈┈┈┈┈┈┈┈┈┈┈┈┈┈┈┈┈

斷折的鐵戟沉埋在沙裡還未銷蝕，

我拿著擦洗後發現這是三國遺物。

假如當年那東風不給周瑜以方便，

結局可能是二喬被關進銅雀臺了。

📖 **賞析** ┈┈┈┈┈┈┈┈┈┈┈┈┈┈┈┈┈┈┈┈┈┈┈┈┈┈

詩人經過赤壁，觀賞了古戰場的遺物，有感於三國時代的英雄成敗，抒發了對歷史興替的複雜情感。詩中透過「銅雀春深」這一富於形象的詩句，以小見大，以假作真，別出心裁，闡述自己的觀點，這正是他在藝術處理上獨特之筆和成功之處。

前兩句借發現一件古物引起對前朝人、事、物的慨嘆。「折戟沉沙」點出這裡曾經是戰場，「折戟」鏽跡斑斑，未被銷蝕，暗含著歲月流逝而物是人非之感，摩擦沖洗後發現原來是赤壁之戰遺留下來的兵器，引發詩人思緒萬千。前兩句都是圍繞「折戟」，連用了「將」、「磨」、「洗、」「認」四個動詞，為後文抒情做了很好的鋪墊。

後兩句聯想到戰爭雙方的主將——周瑜和曹操，以逆向思

維的方式評論赤壁之戰。赤壁之戰是東漢末年曹操和孫劉聯軍之間的一次大規模戰役，當時聯軍五萬，曹軍二十餘萬。一場浩大的戰爭，詩人只用「東風」二字一筆帶過，緣於這次火攻並取得成功的原因主要是決戰之時恰好颳起了強勁的東風，是以小見大的藝術化手法。「不與周郎便」則是逆向思維，採取反面落筆的藝術手法。假使「東風」不給「周郎」以方便，那麼勝敗雙方就要易位，歷史形勢將完全改變。「銅雀春深鎖二喬」是以假作真的藝術化手法，意思是如果曹操成了勝利者，大喬和小喬就必然要被搶去，關在銅雀臺上，以供曹操享樂。「二喬」雖與這次戰役並無關係，但她們的身分和地位，代表東吳作為一個獨立政治實體的尊嚴。東吳不亡，她們絕不可能歸於曹操，如果連她們都被占有，那麼東吳社稷和生靈的遭遇也就可想而知了。

📖 拓展

據記載，喬氏即橋氏，後周文帝命橋氏去木，義取高遠。詩中「二喬」是廬江郡皖縣人，是漢末_____的兩個女兒，大喬如花似玉，小喬國色天香，孫策攻占皖縣後，二女分別嫁與孫策和周瑜。

A. 喬林　B. 喬玄　C. 喬允升　D. 喬公

十七

題烏江亭①

[唐] 杜牧

勝敗兵家事不期②，
包羞忍恥③是男兒。
江東④子弟多才俊，
捲土重來⑤未可知。

📖 注釋

①烏江亭：相傳為西楚霸王項羽自刎之處。②不期：難以預料。③包羞忍恥：指為容忍羞愧與恥辱。④江東：指長江以東地區，又稱江左，長江在九江流往南京一段為西南往東北走向，於是將大江以東的地區稱為江東。⑤捲土重來：意思是指遭到失敗以後再組織力量，以求再起。

📖 譯文

事前難以預料，勝敗是兵家常事，
能夠容忍羞愧恥辱的才是真男兒。
江東人才濟濟，如果項羽不自殺，
重整旗鼓捲土殺回難說誰輸誰贏。

📖 賞析

　　首句言勝敗乃兵家常事。項羽一生征戰勝多負少，這次卻以八千人渡江，敗亡之餘，無一還者，項羽的兵敗為下文做好鋪墊。第二句則有批評項羽胸襟不夠寬廣，缺乏大將氣度之意，強調只有「包羞忍恥」才是真正「男兒」。詩人認為項羽遭到這次重挫後便灰心喪氣，怎麼算得上男子漢大丈夫呢？西楚霸王名蓋一時，到死也不知道自己兵敗的真正原因令人惋惜。

　　江東雖小，地方千里，眾數十餘萬人，也足可以稱王了。項羽自刎前不聽亭長建議，他「天亡我，非戰之罪」的執迷不悟，恰好反映了西楚霸王剛愎自用的弱點。詩人在批判、諷刺之餘，不免惋惜。

　　第四句「捲土重來未可知」是全詩最得力的句子，如果項羽能「包羞忍恥」，能聽取別人中肯的意見，楚漢相爭，誰輸誰贏還很難說。詩中留下「捲土重來」這個成語，「未可知」也給讀者一個起想像的空間。

　　整首詩表達了詩人對勝敗得失、世事變化的看法，即勝敗乃兵家常事，任何時候，不拋棄、不放棄，有時要忍辱負重，重整旗鼓，或能轉敗為勝，東山再起。也告訴我們，勝不驕，敗不餒，不要被一時的挫折、失敗打垮，要從每一次失敗中汲取經驗，不斷走向成功。

📖 拓展

烏江亭，在＿＿＿＿＿，是中國最早的驛站之一。自古為一渡口，秦漢之時設有亭長，為古代的一級基層組織，相當現在的村長。西楚霸王項羽在此兵敗自盡，烏江亭由此聞名古今。杜牧赴任池州刺史時，路過烏江亭，寫了這首詠史詩。後世王安石作《烏江亭》詩雲：「百戰疲勞壯士哀，中原一敗勢難回。江東子弟今雖在，肯與君王捲土來？」與杜牧的《題烏江亭》相呼應。

A. 安徽含山縣　B. 安徽省當塗縣　C. 安徽省蕪湖市　D. 安徽省和縣

═══ 十八 ═══

登樂遊原①

[唐] 李商隱

向晚②意不適③，
驅車登古原④。
夕陽無限好，
只是近黃昏。

📖 注釋

①樂遊原：地名。位於陝西省西安市長安區南，其地高起，有廟宇亭臺，登上它可望長安城。②向晚：臨近晚上的時候。③不適：不舒服、不舒暢。④古原：指樂遊原。

📖 譯文

傍晚的時候我心情不悅，駕著輕車登上樂遊原。

夕陽的晚景雖無限美好，可惜卻已臨近黃昏了。

📖 賞析

李商隱進士及第後，成為其岳父涇原節度使王茂元的幕僚。不久捲入「牛李黨爭」的政治漩渦，備受排擠，一生困頓不得志。這首詩以樂遊原上看到的一輪斜陽為切入點，側面反映了詩人的傷感情緒。

「向晚意不適，驅車登古原」點明時間和原因。「向晚」指天色快黑了，「不適」指心情不舒暢，詩人並沒有說明因何事而「不適」，《李義山詩集箋注》中有「此詩當作於會昌四、五年（西元八四四至八四五年）間。蓋為武宗憂也。武宗英敏特達，略似漢宣。」此時正值內憂外患交織的時刻，武宗正在剪除宮中的宦官勢力，從中可知詩人有家國憂患之悲，身世不定之感，為化解心中憂鬱，就駕著車子外出眺望風景，於是登上樂遊原。樂遊原是在長安城南的一處景點，地勢較高，可俯瞰長安城，是唐

代人們的遊覽勝地。

後兩句「夕陽無限好，只是近黃昏」，用夕陽下的美景烘托深深的哀傷之情。遠處地平線上，一輪太陽將要落下，西天的晚霞揮動著絢麗的紗巾，遍地都鍍上了一片金黃色。餘暉映照下景色自然綺麗迷人，然而用「只是」二字，筆鋒一轉，詩人卻發出深長的慨嘆。這兩句是深含哲理的千古名言，表達景緻雖好，但無力挽留；夕陽燦爛，卻窮途末路。這不僅是對夕陽下自然景象的感嘆，也是對時代發出的感慨。詩人李商隱透過當時唐帝國短暫的繁榮，預見到社會危機嚴重，而藉此抒發出內心的無可奈何之感。

李商隱的詩在晚唐獨樹一幟，將含蓄、朦朧的表現手法運用到極致，甚至部分詩歌過於隱晦難懂，而此詩卻語言明白如話，不做雕飾，節奏明快，又富於哲理，是李商隱現存詩中比較少見的。

📖 拓展

「樂遊原」，原為「樂遊苑」，得名於西漢初年，曾同許皇后出遊至此，迷戀於絢麗的風光，後來，許皇后產後死去，遂葬於此，因「苑」與「原」諧音，「樂遊苑」即被傳為「樂遊原」。李白《憶秦娥》詩中有：「樂遊原上清秋節，咸陽古道音塵絕。」

A. 漢武帝劉徹　B. 漢景帝劉啟　C. 漢文帝劉恆　D. 漢宣帝劉詢

十九

賈生

〔唐〕李商隱

宣室①求賢訪逐臣②，

賈生③才調④更無倫。

可憐⑤夜半虛前席⑥，

不問蒼生⑦問鬼神。

📖 注釋

①宣室：古代宮殿名。指漢代未央宮前殿的正室。②逐臣：被朝廷放逐的官吏。③賈生：賈誼，漢代名士，二十一歲時被漢文帝召入，任命為博士，後被外放為長沙王太傅。④才調：才華格調，此處指賈誼的政治才能。⑤可憐：可惜。⑥虛前席：在座席上移膝靠近對方。⑦蒼生：草木生長之處，借指百姓。

📖 譯文

漢文帝為求賢在未央宮召見被貶臣子，賈誼才華格調確實無人能及。

可惜半夜席上移膝靠近對方只是空談，不問百姓社稷只問鬼神之事。

📖 賞析

　　這是一首託古諷刺詩。漢代名士賈誼自二十一歲進入政壇，到三十三歲英年早逝，只有十二年的時間，但留下了豐碩的政治、經濟、民生、國防、外交遺產。詩人借漢文帝接見賈誼只問鬼神之事，不談民生之本，諷刺幻想成仙、不問政事的帝王。

　　前兩句「宣室求賢訪逐臣，賈生才調更無倫。」詩人獨闢蹊徑，特意選取賈誼被召回，在「宣室」夜對的情節寫起，由「求」而「訪」而贊。「逐臣」是因為賈誼中了誹謗攻擊的流矢，被貶出京城，漢文帝前元七年（西元前一七三年），文帝想念賈誼，把他從長沙召回長安。「宣室」在未央宮，能在「宣室」網羅賢才，足見漢文帝求賢意願之切。次句正面描寫賈誼的「才調」，賈誼少年才俊、議論風發、才能優異，「無倫」是無人能比的意思，一個「更」字，突出賈誼的卓爾不群，才華橫溢。

　　後兩句承轉交錯，在議論中把諷刺君王的昏聵與棄賢妒能的傷嘆融為一體。在「夜半虛前席」前加上「可憐」兩字，帶有強烈的感情色彩。詩人沒有說明兩人談論什麼，只說漢文帝感到很新鮮，聽得很入神，談到很晚，甚至挪動座位「虛前席」湊到賈誼跟前。「可憐」與「虛」顯示出對漢文帝「夜半虛前席」的重賢姿態從根本上產生了懷疑。末句透過「問」與「不問」的對照，讓讀者自己對此得出應有的結論。

詩人用「虛前席」、「問鬼神」這兩處細節，獨具慧眼，借題起，諷刺君王昏聵。詩中還存有詩人自己的影子，因晚唐許多皇帝求仙服藥，不顧民生，李商隱也備受排擠，一生困頓不得志。

📖 拓展

賈誼早年師從荀子的學生張蒼，不但在儒家、法家、道家上頗有建樹，而且在政治、經濟、國防等方面具有進步主張，其政治思想不僅在漢文帝一朝起了作用，對西漢王朝的長治久安也造成了關鍵性的作用。賈誼的_____作為總結秦亡的歷史教訓，為漢王朝建立制度、鞏固統治提供了借鑑。

A.《過秦論》　B.《治安策》　C.《論積貯疏》　D.《吊屈原賦》

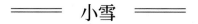

小雪

驚雪

[唐]陸暢

怪得①北風急，
前庭如月暉②。
天人③寧④許巧⑤，
剪水⑥作花飛。

📖 注釋

①怪得：奇怪，怎麼。②暉：陽光，亦泛指光輝。一作「輝」。③天人：形容容貌出眾或才能過人的人，此處指仙人、神人。④寧：豈，難道。⑤許巧：如此靈巧。⑥剪水：指雪花。

📖 譯文

北風怎麼颳得這麼猛烈呀，屋前面的院子如同月光照射。

天上的仙人難道如此靈巧，竟能將水剪成花瓣滿天飛舞。

📖 賞析

《驚雪》是中晚唐詩人陸暢創作的一首五言絕句，南宋洪邁的《萬首唐人絕句》裡此詩題目為《雪》。為寫出雪的意境，詩人用比喻、擬人的手法，樸質平實，清新綺麗，富有神韻，將這一場飛雪的景象表達得清俊明朗。

除題目外，全詩沒用一個「雪」字，反用「風」、「花」、「月」來表現「雪」、襯托「雪」，這正是本詩的一個重要特點。

唐朝長安作為全國的政治、經濟和文化中心，同時也是文人志士謀取功名的主要戰場，這裡匯聚了唐王朝最佳秀的文人學士，他們在這塊熱土上書寫著大喜大悲的人生。詩人出生於吳郡吳縣（今江蘇蘇州），進士及第後在長安做皇太子僚屬，到北方之前，雪是很少見的，對這雪中夾雜的急風更是感到驚

訝。首句先從「風」著手,「怪得北風急」表現出北風呼嘯而來,風勢之大,風勢之猛,令人驚訝。「如月暉」也作「如月輝」,月光照耀在庭院裡,在白雪的反射作用下,彷彿白晝一般。「前庭如月暉」勾畫出一幅明月高懸、月光皎潔、映雪賞月的寫實畫面。

「天人寧許巧,剪水作花飛」則用比喻、擬人的手法形象地描繪了雪中的景色,構思精巧,形象生動。從某種意義上說,「剪水作花飛」道出了雪花形成的科學過程。「作花飛」與「如月暉」相呼應,將院子裡月光照耀下雪花漫天飛舞的景象賦予神韻,展現了詩人的奇思妙想。瑞雪兆豐年,雪花如同片片花瓣隨風飛舞,為瑞為祥,表達人們對美好生活的期盼與嚮往。

📖 拓展

陸暢才思敏捷,富有奇思妙想,詩人把雪花隨風亂舞看作天人所為,「天人寧許巧,剪水作花飛」這兩句流傳較廣。後期南宋「中興四大詩人」之一的_____曾作《雪晴》「仙人剪水作花飛,忽化瓊瑤已大奇。復把瓊瑤化成水,滴來平地總琉璃。」

A. 尤袤　B. 范成大　C. 陸游　D. 楊萬里

將進酒①（節選）

[唐] 李白

君不見②，黃河之水天上來③，奔流到海不復回。

君不見，高堂④明鏡悲白髮，朝如青絲⑤暮成雪。

人生得意須盡歡，莫使金樽⑥空對月。

天生我材必有用，千金散盡還復來。

烹羊宰牛且為樂，會須一飲三百杯。

岑夫子，丹丘生，將進酒，杯莫停⑦。

與君歌一曲，請君為我傾耳聽⑧。

📖 注釋

①將（ㄐㄧㄤ）進酒：請飲酒。漢樂府舊題。②君不見：樂府詩常用作提醒人語。③天上來：黃河發源於青海，地勢高，比喻來自天上。④高堂：高敞的廳堂、高大的殿堂。⑤青絲：比喻柔軟的黑髮。⑥樽：盛酒的器具。⑦杯莫停：一作「君莫停」。⑧傾耳聽：一作「側耳聽」。

📖 譯文

你可見黃河之水從天上流下來，滾滾奔向大海就不再回。

你可見廳堂明鏡中的蒼蒼白髮，滿頭青絲眨眼變成白髮。

人生有興致的時候要盡情享樂，不要讓酒杯空對著明月。

上天讓我成材必定有用我之處，即使錢財散盡還會得到。

且把烹羊宰牛當成快樂的事情，應當一口氣喝下三百杯。

岑勛、丹丘，快喝酒不要停杯，我唱首歌請君側耳細聽。

📖 **賞析**

這首詩非常形象地表現了李白快意灑脫的性格，一方面對自己充滿樂觀自信，一方面在政治前途出現波折後，又流露出縱情享樂之情。

開篇兩個「君不見」蒼勁有力，前一個「君不見」，以「黃河之水天上來，奔流到海不復回」的壯偉景象，比喻光陰一去不返，表明事物流逝的不可逆轉性；後一個「君不見」，以「高堂明鏡悲白髮，朝如青絲暮成雪」的誇張描寫，比喻人生是不可逆轉的。前者是自然現象，後者是人生狀態。李白把人生看得通透，對著鏡子手撫兩鬢感傷生命短暫，用出奇的手法悲嘆人生短促。既然時光流逝，一去無回，人生苦短，功業難成，何不及時行樂、忘卻痛苦呢？於是道出「人生得意須盡歡，莫使金樽空對月」。這是全詩主旨，也是詩人理想未實現，實不得已而為之，目的是想擺脫現實中人生的痛苦，並非真的頹廢不振，其內心深處還是嚮往著功名和理想。

接下來「烹羊宰牛且為樂」一段，突顯李白桀驁不馴的性

格，由「悲」轉「歡」，直勸二位「杯莫停」。「三百杯」、「千金」都是誇張的手法，表現了李白豪邁的詩情；同時，又充滿深厚的內在感情。面對世事現狀和自身遭遇，李白「但願長醉不願醒」。這首詩最大的藝術特色在於布局奇特，變化莫測，通篇以七言為主，而以三言、五言、十言句式破之，參差交錯，讀起來朗朗上口。

📖 **拓展** ....

　　李白一生與酒結下不解之緣，他的飲酒詩篇最能表現其狂放率真的個性，《將進酒》就是其中最傑出的代表之作。時值李白首次入長安失意歸來，與岑勛、元丹丘三人在＿＿＿＿＿縱情談笑，一起舉杯，一醉方休，酒過三巡，席間乘興寫成此詩。

　　A. 滎陽　B. 潁陽　C. 嶽陽　D. 丹陽

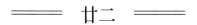

═══ 廿二 ═══

行路難（其一）

〔唐〕李白

金樽清酒鬥十千^①，玉盤珍羞^②直^③萬錢。

停杯投箸^④不能食，拔劍四顧心茫然^⑤。

欲渡黃河冰塞川，將登太行^⑥雪滿山。

閒來垂釣碧溪上，忽復⑦乘舟夢日邊。

行路難，行路難，多歧路，今安在⑧？

長風破浪會有時，直掛雲帆⑨濟⑩滄海。

📖 注釋

①鬥十千：一斗值十千錢，即萬錢，形容酒美價高。②珍羞：珍貴的菜餚。羞同「饈」。③直：通「值」，價值。④箸（ㄓ
ㄨˋ）：筷子。⑤茫然：無所適從。⑥太行：指太行山。⑦忽復：忽然又。⑧多歧路，今安在：岔道這麼多，如今身在何處？⑨雲帆：高高的船帆。⑩濟：渡過。

📖 譯文

金盃裡盛著價格昂貴的美酒，玉盤裡裝滿價值萬錢的佳餚。

因鬱悶而停杯放筷不願進餐，拔出佩劍環顧四周心裡茫然。

想渡過黃河卻被堅冰堵塞了，想攀登太行山卻已大雪封山。

像姜尚閒來垂釣待東山再起，伊尹還曾夢見乘舟繞行日邊。

人生道路多麼難啊！多麼難！岔道這麼多，如今身處何方？

乘風破浪的機會終將會到來，到那時要揚起船帆橫渡滄海。

📖 賞析

　　前四句寫友人出於對李白的深厚友情，不惜金錢，設下盛宴為之餞行。然而，詩人端起酒杯又推開，拿起筷子又放下。他拔下佩劍，舉目四顧，心緒茫然。「停」、「投」、「拔」、「顧」四個連續的動作，形象地顯示出詩人內心的困苦鬱悶。接著兩句解答為何「心茫然」，用「冰塞川」「雪滿山」象徵人生道路上的艱難險阻。又在恍然神遊之中，似乎看到了姜尚、伊尹等在得到君主重用之前「垂釣」、「夢日」的典故，表達詩人心中的絕望與期望。

　　「行路難，行路難，多歧路，今安在？」四句節奏短暫、音律跳動，完全是急迫不安狀態下的心裡獨白。一個懷有偉大政治抱負的人物，在受詔後入京，有幸接近皇帝時，卻並沒有得到皇帝的重用，想到姜尚、伊尹曾經的不順利，反而增加了他對未來的信心。「長風破浪會有時，直掛雲帆濟滄海」，詩人發出時代的最強音，艱難時，不言棄，不放棄，成為後世人們引用施展個人抱負、抒發豪邁氣概的佳句。人生漫漫行路艱難，仍將上下求索！這就是李白留給後世寶貴的精神，能給遇到挫折、遭遇困難、受到打擊而感到前路茫然的人們強大信心、堅定勇氣、無形力量。

📖 **拓展** ···

　　李白在_____的推薦下來到了長安皇宮，唐玄宗對李白的才華很賞識，禮遇隆重，擔任翰林供奉。李白很想能像姜尚、伊尹等傑出人物一樣幹一番大事業。可是入京後，他卻沒被唐玄宗重用，還受到權臣的讒言排擠，兩年後被「賜金放還」，變相地被攆出了長安。

　　A. 宰相張說　B. 興信公主　C. 翰林學士張垍　D. 玉真公主

═══ 廿三 ═══

破陣子·四十年來家國

[五代] 李煜

四十年來^①家國，三千里地山河。

鳳閣龍樓^②連霄漢^③，玉樹瓊枝^④作煙蘿^⑤，幾曾識干戈？

一旦歸為臣虜，沈腰^⑥潘鬢^⑦消磨。

最是倉皇辭廟^⑧日，教坊^⑨猶奏別離歌，垂淚對宮娥^⑩。

📖 **注釋** ···

　　①四十年來：指南唐自建國以來，此處四十年為概數。②鳳閣龍樓：指帝王的居所。③霄漢：天河。④玉樹瓊枝：形容

樹的美稱。⑤煙蘿：形容葉的繁茂。⑥沈腰：南朝時期沈約消瘦，腰帶日漸寬鬆，是腰圍漸瘦的代稱。⑦潘鬢：西晉時期潘岳少年美貌，然而三十多歲鬢髮已斑白，是中年白髮的代稱。⑧辭廟：離開宗廟。⑨教坊：古時管理宮廷音樂、舞蹈、戲曲的官署。⑩宮娥：宮女。

📖 譯文

南唐開國已有四十年歷史，幅員遼闊。雄偉宮殿高聳入雲，宮中名貴樹木櫛比鱗次，枝繁葉茂，藤蘿纏蔓。哪裡知道會經歷這刀槍戰火呢？

自歸宋為臣，實為俘虜，受憂思折磨，日漸消瘦蒼老。尤其是慌張地辭別宗廟時，教坊演奏別離的悲歌，令我悲傷欲絕，面對宮女們垂淚。

📖 賞析

金陵被宋軍攻破後，李煜率領親屬、隨員等四十五人「肉袒出降」，告別了他一生中最美好的江南，倉皇辭廟。這次離開即是永別，李煜終日以淚洗面，過著含悲飲恨的生活，日漸蒼老消瘦。

上闋寫盡繁華。前兩句是對江南故國的沉痛回顧。從當年在江南地區建立王朝，定都江寧，到西元九七五年亡國，這「四十年來」只是一個概數。「三千里」的山河有過無盡的繁華，

宮殿高大雄偉，可與天際相接，宮苑內珍貴的草木茂盛，就像籠罩在煙霧裡。這片繁榮的土地，飽含了詞人對故國的無限留戀。「幾曾識干戈」更抒發出詞人無盡的自責與悔恨。

下闋寫盡國破。「一旦」表示某一天，「歸為臣虜」就是歸宋為臣，實為俘虜。「沈腰」暗喻自己像沈約一樣，腰瘦得使皮革腰帶常常移孔，而「潘鬢」則暗喻自己像潘岳一樣，年紀不到四十歲就出現了鬢邊的白髮，引用這兩個典故即是詞人被俘虜到汴京後的辛酸寫照。回想起「最是倉皇辭廟日，教坊猶奏別離歌」更加令人心碎。「太廟」是帝王祭祖的地方，也是皇家最看重的地方，李煜降宋之時特意到太廟辭行，而此時宮中的教坊樂隊演奏著別離的曲子，又增一層傷感，不禁面對「宮娥」們慟哭垂淚。上闋和下闋，一榮一悲，對比鮮明，寫盡了李煜的亡國之痛、亡國之悔、亡國之恨。

📖 拓展

繼「晉滅吳之戰」和「隋滅陳之戰」後，中國戰爭史上第三次大規模渡江作戰發生在「宋滅南唐」。李煜過於依賴長江天險，錯失利用宋軍渡江時反擊的機會，宋軍在長江下游成功架通_____浮橋，使大軍克服天險，分兵擊破南唐守軍，攻占江寧，金陵失陷，這時候李煜不得不率領群臣奉表納降、倉皇辭廟。

A.燕子磯　B.城陵磯　C.采石磯　D.澎浪磯

＝＝＝ 廿四 ＝＝＝

江城子・密州①出獵

[北宋] 蘇軾

老夫②聊發少年狂，左牽黃，右擎蒼③，錦帽貂裘④，千騎卷平岡⑤。為報傾城隨太守，親射虎，看孫郎。

酒酣胸膽尚開張⑥，鬢微霜，又何妨！持節雲中，何日遣馮唐⑦？會挽雕弓如滿月⑧，西北望，射天狼⑨。

📖 注釋

①密州：今山東省諸城市。②老夫：作者自稱。③左牽黃，右擎蒼：左手牽黃狗，右臂托蒼鷹。④錦帽貂裘：頭戴華美豔麗的帽子，身穿貂鼠皮衣。⑤千騎卷平岡：形容很多人馬掠過山岡，像卷蓆子一般。⑥尚開張：更加胸襟開闊，膽氣豪壯。⑦持節雲中，何日遣馮唐：朝廷何日派遣馮唐去雲中郡赦免魏尚呢？節：以竹竿為之，使者所執，以為信符。⑧雕弓：有雕花或彩繪的弓。⑨天狼：星名，舊說主侵略、盜賊。此處指侵擾西北邊境的西夏軍隊。

📖 譯文

我雖年老姑且抒發一下少年的狂傲，左手牽著黃狗，右臂托著蒼鷹，頭戴錦帽，身穿華麗皮衣，大隊人馬浩浩蕩蕩席捲山

岡。為我報知全城百姓隨我出獵。我將如昔日孫權，親射猛虎。

喝酒喝得暢快，讓我胸懷更寬闊，膽氣更豪壯，儘管**鬢**髮稍白，又有何妨？朝廷什麼時候才能派人拿著符節來赦免我？我要將雕弓拉得圓如滿月，朝著西北方向瞄望，奮勇地射向敵人。

📖 賞析

蘇軾四十歲時在密州任職，他曾說此詞「令東州壯士抵掌頓足而歌之，吹笛擊鼓以為節，頗壯觀也。」

上闋寫出獵場面。一個「狂」字總起，寫出蘇軾的豪情滿懷。「狂」在裝備精良，何等威武！「狂」在陣容龐大，何等雄壯！「狂」在場面熱烈，何等激情！「狂」在自比孫郎，何等豪氣！一個「卷」字突出隨從出獵的武士個個戴著錦帽，穿著華貴的貂皮獵裝，縱馬馳騁，浩浩蕩蕩的隊伍如同一陣疾風驟雨，從地勢平緩的山岡上席捲而過。「為報」一句一種理解為：為了報答大家追隨的盛意，這是一個受民愛戴的太守形象；另一種理解為：為我報知、替我告訴全城百姓，隨我出獵。顯然，後者更能顯示出蘇軾的「少年狂」。「親射虎，看孫郎」是倒裝句，即「看孫郎，親射虎」，顯示詞人抱負不凡，壯懷激烈，昂揚向上。

下闋寫報國之情。詞人酒酣之後，胸膽更壯，興致更濃。蘇軾渴望建功立業，如今由杭州通判被貶為密州太守，形象上確已是兩**鬢**斑白，但「鬢微霜，又何妨」，抒發了詞人渴望立功報國的豪情壯志。「持節雲中，何日遣馮唐」，直接抒發時不我

待，趁現在寶刀未老，希望朝廷能像漢文帝派馮唐持節赦免魏尚一樣，對自己委以重任，赴邊疆抗敵，定將把弓拉得如圓月一樣去參加戰鬥。「天狼」星古時認為主侵略，為不吉祥、貪殘的象徵，「西北望，射天狼」就是去抵抗西北的侵擾者，表達了詞人痛恨和抵禦入侵者、建功立業報效國家的決心。

📖 拓展

_____記載漢文帝時，魏尚為雲中太守，他愛惜士卒，優待軍吏，敵人遠避。匈奴曾一度來犯，魏尚親率車騎出擊，所殺甚眾，後因報功文書上所載殺敵的數字與實際不符，被削職。經馮唐代為辯白後，文帝就派遣馮唐帶著聖旨去赦免魏尚，讓魏尚仍擔任雲中郡郡守之職。

A.《史記》　B.《漢書》　C.《後漢書》　D.《資治通鑑》

═══ 廿五 ═══

卜算子·黃州定慧院①寓居作

[北宋] 蘇軾

缺月掛疏桐②，漏斷③人初靜。誰見幽人④獨往來，飄渺⑤孤鴻影。

驚起卻回頭，有恨無人省⑥。揀盡寒枝不肯棲，寂寞沙洲⑦冷。

📖 注釋

①定慧院：在今湖北省黃岡市東南，蘇軾被貶黃州，曾寓居於此。②疏桐：枝葉稀疏的桐樹。③漏斷：漏指漏壺，古代計時的器具。即指深夜。④幽人：幽居的人。⑤飄渺：高遠忽而不明。⑥省（ㄒㄧㄥˇ）：理解，知曉，明白。⑦沙洲：江河裡泥沙淤積成的小片陸地。

📖 譯文

殘月掛在老梧桐枝杈上，更漏滴盡時已夜深人靜。

見到幽居之人獨來獨往，像飄渺不明的孤雁身影。

突然被驚起回過頭來看，心中的幽恨無人能理解。

挑遍了寒枝也不肯棲息，卻在沙洲忍受寂寞淒冷。

📖 賞析

蘇軾一生中最驚險最坎坷的事件就是「烏臺詩案」，在這次案件中，蘇軾幾乎被置於死地，在牢獄關押幾個月後，被貶到黃州閒置了。在黃州定慧院寓居期間，蘇軾寫下這首一生中最淒涼的詞，深刻地表達他內心的孤苦和寂寞。

上闋寫深夜院中所見的景色。首句營造出一個夜深人靜、月掛樹梢的氛圍。老梧桐枝杈稀疏，透過樹枝隱約可見半輪殘月，將清幽的月光灑向人間。漏壺滴盡，說明夜已經很深了，

夜不能寐的詞人心事重重。這裡的「缺月」、「疏桐」、「漏斷」、「人靜」都是詞人內心的反映和寫照。「時見幽人」一作「誰見幽人」(《唐宋詞選釋》本)。一位獨來獨往、心事茫然的「幽人」形象出現在畫面,讓人聯想到「幽人」那孤高的心境,飄渺若仙的身影都與詞人惺惺相惜。蘇軾用遭遇不幸的「孤鴻」代指自己數年來行蹤飄忽,深夜院落中「幽人」、「獨往」、「孤鴻」、「飄渺」,令人倍感傷懷。

下闋表達詞人內心情何以堪的孤寂之情。在黑暗安靜的夜晚,人會不自覺地環顧四周,內心的孤寂無處訴說,更無人理解。「揀盡寒枝不肯棲,寂寞沙洲冷」寫孤鴻遭遇不幸,驚恐不已,在寒枝間飛來飛去,揀盡寒枝不肯棲息,只好落宿於寂寞荒冷的沙洲,此句亦有良禽擇木而棲的意思。孤鴻如人,人如孤鴻,表達自己貶謫黃州的孤寂處境和不願隨波逐流孤苦的心境。

📖 拓展

蘇軾被貶初到黃州時,居住在定慧院,只有在這個遠離俗世的地方,蘇軾才能靜下來,思考問題,思考人生,作_____。在黃州期間,蘇軾正式以東坡為自己的號,確定了自己德不孤、必有鄰的處世哲學。

A.《水調歌頭·明月幾時有》　B.《念奴嬌·赤壁懷古》
C.《題西林壁》　D.《江城子·十年生死兩茫茫》

＝＝ 廿六 ＝＝

冬夜讀書示子聿①

[南宋] 陸游

古人學問②無遺力③，
少壯工夫④老始成。
紙上得來終覺淺，
絕知⑤此事要躬行⑥。

📖 注釋

①子聿（ㄩˋ）：陸游的小兒子。②學問：讀書學習。③無遺力：不遺餘力，竭盡全力。④工夫：用時間和精力訓練學到的能力。⑤絕知：深入、透澈地理解。⑥躬行：親身實踐。

📖 譯文

古人學習知識是全力以赴的，只有年輕時很努力，老年才有望成功。

從書本上學的知識遠遠不夠，必須經過親身實踐，才可能學有所成。

📖 賞析

　　陸游出身於江南名門望族。高祖陸軫是宋真宗大中祥符年間進士，官至吏部郎中。祖父陸佃，師從王安石，精通經學，官至尚書右丞，藏書頗豐。父親陸宰，曾任京西路轉運副使等官職，官職建有「雙清堂」藏書樓，藏書數萬卷。陸游一生在學習上孜孜不倦，終成南宋文學家、史學家、愛國詩人。陸游就知識的獲取，從兩方面談了自己的看法：一是要「無遺力」，二是「要躬行」。詩中表達的思想不僅是冬夜讀書的體會，更是詩人勤奮學習的經驗總結。

　　首句是對古人刻苦做學問精神的讚揚，告誡自己的孩子，學習應毫無保留，全力以赴。「無遺力」是學習刻苦的程度，說明少年時要養成勤奮用功、孜孜不倦的良好學習習慣，將來才能成就一番事業。書山有路勤為徑，莫讓年華付水流，揭示出因和果的關係，也揭示出做學問是一個由量變到質變的過程。

　　後兩句「紙上得來終覺淺，絕知此事要躬行」被後世廣泛引用，流傳千古。詩人指出實踐出真知的道理，強調實踐和經驗的重要性。「紙上」的知識是前人總結的書本知識，一方面隨著時間的推移、社會的發展，知識在更新；另一方面每個人的閱歷、經驗以及所處的環境是不一樣的，不能紙上談兵、人云亦云。真知出自實踐，這看似簡單的道理，但能真正做到實處卻很不容易。

全詩透過陸游對兒子 —— 子聿的教育，告訴人們，做學問要有孜孜不倦、持之以恆的精神，要把書本上的知識透過實踐變成自己實際掌握的本領。一個既有書本知識，又有實踐精神的人，才是真正有學問的人。

📖 **拓展**

陸游在一個冬日的夜晚，毅然揮就寫出八首《冬夜讀書示子聿》，滿懷深情地送給他的_____兒子，全面展現出陸游的教子觀。強調透過社會實踐去檢驗已學的知識，透過社會實踐把書本知識化為己有，為己所用，還要透過社會實踐去鞏固、深化已學的知識。

A. 第四個　B. 第五個　C. 第六個　D. 第七個

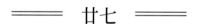

廿七

墨竹圖題詩

[清] 鄭燮

衙齋①臥聽蕭蕭②竹，
疑是民間疾苦聲。
些小③吾曹④州縣吏，
一枝一葉⑤總關情⑥。

📖 注釋

①衙齋：衙門裡供官員居住之處。②蕭蕭：形容風吹草木的聲音。③些小：略微，很小，此處指官職卑微。④吾曹：我們。⑤一枝一葉：比喻百姓們的各種小事。⑥關情：牽動情懷。

📖 譯文

在衙齋裡聽見竹葉蕭蕭作響，彷彿是百姓在訴說他們生活艱辛。

我們雖然只是州縣裡的小官，但要把百姓的每件小事放在心上。

📖 賞析

這首詩是鄭燮（ㄒㄧㄝˋ）送給巡撫官員的一首題畫詩，當時鄭燮在山東濰縣任知縣，濰縣正在鬧災荒，他讓百姓和災民投身參加基建，來這裡幹活的人給錢、管飯，解決災民沒有糧食吃的問題，所以這首詩表達了詩人深切的愛民之情。

前兩句寫詩人身分與周邊環境，緊扣「墨竹」的主題。「衙齋」說明自己身為官員，但不言「官府」，既表明自己的官階較低，又有謙遜之意。在休息時間，詩人聽到風過竹林的聲音，低沉嗚咽，給人一種悲涼淒寒之感，馬上聯想到百姓利益無小事，民生問題大於天。一個「疑」字道出詩人的愛民之心與勤政

之意，表達了他對百姓的關切之情。

　　後兩句寫詩人從政之道。「政之所興在順民心，政之所廢在逆民心。」用「吾曹」而不是「吾身」，既指自己，又指包括自己在內的各地官吏，可見為民解憂的應該是所有「父母官」，點出像詩人這等下級基層官員在全國範圍之廣、數量之眾，要都能事無巨細，永遠恪盡職守，關懷百姓，國家的前途命運最終會取決於人心所向的。「一枝一葉總關情」既照應了墨竹畫和詩題，又寄寓了深厚的情感，表達百姓的點點滴滴都與「父母官」們緊緊連繫在一起。透過這首題畫詩，由風吹竹聲而聯想到百姓疾苦，由百姓疾苦再想到能為民解憂的「父母官」，寄寓了詩人對百姓命運的深切關注和同情。

📖 拓展

　　鄭燮字克柔，號板橋，人稱板橋先生，是「揚州八怪」代表人物，是清代書畫家、文學家。他一生只畫蘭、竹、石，自稱「四時不謝之蘭，百節長青之竹，萬古不敗之石，千秋不變之人。」自蘇軾評價王維「詩中有畫，畫中有詩」以來，中國傳統書畫便確立了詩畫之間密不可分的關係。鄭燮還題過幾幅著名的匾額，其中最為膾炙人口的是「難得糊塗」與「＿＿＿＿」這兩幅。

　　A. 政通人和　　B. 吃虧是福　　C. 寧靜致遠　　D. 室雅蘭香

═══ 廿八 ═══

竹石

[清] 鄭燮

咬定青山不放鬆，

立根①原在破巖②中。

千磨萬擊③還堅勁，

任④爾東西南北風。

📖 注釋

①立根：扎根，生根。②破巖：裂開的山岩，即岩石的縫隙。③千磨萬擊：指無數的磨礪和打擊。④任：任憑，無論，不管。

📖 譯文

巖竹咬定青山絕不放鬆，根深深地紮在巖縫之中。

千磨萬擊仍然堅韌頑強，任憑你刮來東西南北風。

📖 賞析

這是一首鄭板橋題在自己畫上的題畫詩，讚美巖竹那頑強而又執著的品質，同時把巖竹擬人化，傳達出它特有的神韻，表達即使受到打擊和挫折，也要有絕不動搖的堅強品格。

　　前兩句讚美巖竹不屈不撓的精神。巖竹「咬」定青山，扎根在「破巖」，在惡劣的自然環境中，不但沒有屈服，反而更加挺拔，顯示出它頑強的生命力。一個「咬」字使巖竹人格化，「不放鬆」傳遞出堅忍不拔的精神。土壤往往是植物生長最重要的物質，有些植物可以適應惡劣的環境，可扎根岩石中生長，巖竹就是適應能力頑強的植物之一。「立根」顯出巖竹與岩石形成一個渾然的有機整體，無「石」竹不挺，無「竹」山不青。

　　後兩句進一步寫惡劣的自然環境對巖竹的磨練，就算狂風再強勁，我也依然堅韌無畏、從容自信。鄭板橋畫了四十年的竹子，他筆下的竹子風韻超然，其實是胸中之竹，並不是眼中之竹。晚年自說才悟出繪畫須去掉繁雜，提煉精髓的道理。鄭板橋認為：竹子堅強，不管風吹雨打還是嚴寒烈日，它都是身板挺直，青青鬱鬱；竹子「虛心」，不論山野巨竹，還是房前青枝，它都是空心如一，從不妄自尊大；竹子有「節」，經得起磨難，經得起錘鍊，它從不「變節」。末句「任爾東西南北風」是他對巖竹在一年四季中遭到無數次摧殘折磨後，依然臨風而立、堅韌無畏、從容自信的由衷讚賞。

　　全詩語言簡易明快，鏗鏘有力，從中能感受到頑強不息的生命力，堅忍不拔的意志力，而這一切又與詩人的秉性相契合，才能達到物我交融的境界。

📖 拓展

　　鄭板橋自稱「四時不謝之蘭，百節長青之竹，萬古不敗之石，千秋不變之人。」作為「揚州八怪」之一，鄭板橋的藝術成就最高，其＿＿＿將書法與繪畫糅合在一起，形成了共同表現形象的特殊手法，彼此關係十分和諧。如《蘭石圖》中，他別具匠心地將詩句用書法的形式，真草隸篆融為一體，大大小小，東倒西歪，猶如亂石鋪街地題於畫作上，代替了畫石所需的皴法。

　　A. 書畫　　B. 詩書畫　　C. 詩畫　　D. 詩書畫印

═══ 廿九 ═══

論詩（其二）

［清］趙翼

李杜①詩篇萬口傳，
至今已覺不新鮮。
江山②代有才人③出，
各領風騷④數百年。

📖 注釋

①李杜：指唐代詩人李白、杜甫。②江山：指國家的疆土或政權。③才人：有才華的人。④風騷：指《詩經》中的「國風」和屈原的《離騷》。後來把關於詩文寫作的事叫做「風騷」。

📖 譯文

李白和杜甫的詩篇被無數人傳頌，到今天已經沒有什麼新意了。

江山代代都會湧現出有才華的人，他們的文采會引領文風百年。

📖 賞析

趙翼是清中期史學家、詩人、文學家，系統地評論李白、杜甫、韓愈、白居易、蘇軾、陸游、元好問、高啟、吳偉業、查慎行等十家詩。他重視詩家的創新，批駁當時社會上流行的「詩必稱古」、「厚古薄今」的觀點，在此背景下，趙翼創作《論詩》兩首，此為第二首。

「李杜詩篇萬口傳，至今已覺不新鮮」是評論說理。李白、杜甫的詩歌萬古流傳，無人能與之相比。然而「李杜」的詩篇，至今也覺得不新鮮了。可見，時代在發展變化，對生命的感悟，對自然的理解，對事物的認知都在變化，詩歌與文學的創

作也要經歷創新的過程。若後代文人「至今」仍亦步亦趨,刻意模仿,或言必稱古、厚古薄今,這樣的詩文缺少「新鮮」的時代感。

「江山代有才人出,各領風騷數百年」是詩人的文學創作主張。「才人」指有才華的人,有理想、有抱負的人才如滾滾江水,無法阻攔,層出不窮,薪火相傳,新人不斷湧現必將為文學藝術注入新鮮的血液。歷史就是這樣,一代代人才輩出,在推陳出新中不斷發展前進。因此,詩人強烈地表達了不能因循守舊,照搬照抄,要有時代精神和個性特點,大膽創新,甚至獨樹一幟,文學創作要隨著時代變化而發展的思想。

趙翼與袁枚屬於同一時代,袁枚曾以其「性靈說」詩論獨樹一幟,對流行於當時詩壇的各種復古主義和形式主義進行了有力的回擊,一改清詩風貌,影響深遠。趙翼與袁枚的主張相近,主「獨創」、重「性靈」、反「摹擬」,與袁枚、張問陶並稱清代「性靈派三大家」。

📖 拓展

詩話,是一種論詩之體,是評論詩歌、詩人、詩派以及記錄詩人行事的著作。_____中有評論「詩總不離乎才也。有天才,有地才,有人才。吾於天才得李太白,於地才得杜子美,於人才得王摩詰。太白以氣韻勝,子美以格律勝,摩詰以理趣勝。太白千秋逸調,子美一代規模,摩詰精大雄氏之學,篇章

字句，皆合聖教。今之有才者輒宗太白，喜格律者輒師子美，至於摩詰而人鮮有窺其際者，以世無學道人故也。」

A.徐增的《而庵詩話》　B.許顗《彥周詩話》　C.袁枚《隨園詩話》　D.歐陽修的《六一詩話》

═══ 三十 ═══

臨江仙·滾滾長江東逝水

[明]楊慎

滾滾長江東逝水①，浪花淘盡②英雄。是非成敗轉頭空。青山依舊在，幾度③夕陽紅。

白髮漁樵④江渚⑤上，慣看秋月春風⑥。一壺濁酒⑦喜相逢。古今多少事，都付笑談中。

📖 **注釋** ···

①東逝水：江水向東流逝而去。②淘盡：蕩滌一空。③幾度：幾次。④漁樵（ㄑㄧㄠˊ）：原指漁翁、樵夫，此處指隱居不問世事的人。⑤江渚（ㄓㄨˇ）：原為江水中的小塊陸地，此處意為江岸邊。⑥秋月春風：此處指良辰美景，美好的歲月。⑦濁酒：用糯米、黃米等釀製的酒。

📖 譯文

　　長江滾滾向東流去，多少英雄像翻飛的浪花般蕩滌一空，爭什麼是與非、成與敗，這些轉瞬即逝，只有青山千古長存，日昇日落依舊。

　　江上有位白髮漁翁，早已看慣了四時變化，和老朋友見了面，痛快地飲下一壺濁酒，古往今來多少興亡大事，都作為談笑以助酒興。

📖 賞析

　　楊慎是明代三大才子之首，東閣大學士楊廷和之子，因「大禮議」之爭被定罪貶謫雲南。在人生困苦的時刻，他仍保留著高潔的情操和豁達的胸懷。起筆起興，化用杜甫「無邊落木蕭蕭下，不盡長江滾滾來」之句，從空間角度寫出長江之氣勢，用「東逝水」三字，暗含《論語》「逝者如斯夫」之意。在人生成敗得失之間，感悟人生哲理。「青山依舊在」是不變，「幾度夕陽紅」是變，「是非成敗」沒有一件不是在變與不變的相對運動中出現和流逝的。

　　既然「是非成敗」都如同過眼煙雲，就不必耿耿於懷，不必計較得失，不必焦灼偏執。你看那白髮蒼蒼隱居不問世事的「漁樵」，感受這一刻浮生中遠離喧囂的靜謐，享受良辰美景，寄情山水之間。他與秋月為伴，自在自得，與春風為友，淡泊灑

脫。詞人彷彿傾聽到「漁樵」把歷代興亡作為談笑以助酒興，表現出詞人有任世事滄桑變幻、我自淡然、鄙夷世俗、高潔優雅的情懷。

　　詞人沒有寫任何具體事件，詞中訊息量卻極大。楊慎站在浩蕩的江水邊，沐浴著秋月春風，不禁大徹大悟。這一生，富貴也好，貧窮也罷，我們都是天地間的過客；這一生，圓滿也好，遺憾也罷，我們都是時光中的行者。歷史的車輪總要滾滾向前，那些通曉古今的高士，有著淡泊超脫的襟懷，這也是歷盡世間百劫，才能感受到的一種大徹大悟的歷史觀和人生觀。

📖 拓展

　　唐朝和宋朝是中國古代文學發展史上的巔峰時期，更是中國古代詩詞文化發展的巔峰時期，為明清時期文人留下無數可以借用之句。《臨江仙》中「浪花淘盡英雄」化用詩篇_____，以一去不返的江水比喻歷史的流變，用後浪推動前浪比喻英雄叱吒風雲的豐功偉業。

　　A. 蘇軾《念奴嬌・赤壁懷古》　　B. 岳飛《滿江紅》　　C. 崔顥《黃鶴樓》　　D. 李白《將進酒》

冬月

<hr>

初一

木蘭詩（節選）

［南北朝］佚名

唧唧復唧唧^①，木蘭當戶^②織。不聞機杼聲^③，唯聞女嘆息。

問女何所思，問女何所憶^④。女亦無所思，女亦無所憶。昨夜見軍帖^⑤，可汗^⑥大點兵，軍書十二卷^⑦，卷卷有爺^⑧名。阿爺無大兒，木蘭無長兄，願為市^⑨鞍馬，從此替爺徵。

東市買駿馬，西市買鞍韉^⑩，南市買轡頭，北市買長鞭。旦辭爺娘去，暮宿黃河邊。不聞爺娘喚女聲，但聞黃河流水鳴濺濺。旦辭黃河去，暮至黑山頭，不聞爺娘喚女聲，但聞燕山胡騎鳴啾啾。

📖 **注釋**

①唧（ㄐㄧˊ）唧：嘆息聲。另一說為紡織機的聲音。②當（ㄉㄤ）戶：對著門，指在家中。③機杼（ㄓㄨˋ）聲：織布機發出的聲音。④憶：思念，惦記。⑤軍帖（ㄊㄧㄝˇ）：軍中的文

告。⑥可（ㄎㄜˋ）汗（ㄏㄢˊ）：中國古代西北地區民族對最高統治者的稱呼。⑦軍書十二卷：徵兵的名冊很多卷。⑧爺：指父親。⑨市：買。⑩鞍韉（ㄐㄧㄢ）：鞍，馬背上的坐墊。韉，馬鞍下的墊褥。二者皆為騎馬時放在馬背上的坐具。轡（ㄆㄟˋ）頭：駕馭牲口用的嚼子、籠頭和韁繩。辭：離開，辭行。濺（ㄐㄧㄢˋ）濺：水流激射的聲音。黑山：北方山名。

📖 **譯文**

　　木蘭對著房門在織布，嘆息一聲接著一聲。聽不見織布機的聲音，只聽見木蘭在嘆息。問木蘭在想什麼？在惦記什麼？木蘭說什麼也沒有想，什麼也沒有惦記。昨天晚上看見徵兵文書，得知可汗在大規模徵兵。那麼多徵兵名冊，卷卷都有父親的名字。可父親沒有大兒，木蘭沒有兄長。我願意為此到集市去買馬鞍和馬匹，從此代替父親去從軍。在集市各處購買馬具，早晨離開父母，晚上宿營在黃河邊。聽不見父母呼喚女兒的聲音，只聽見黃河水流的聲音。早晨離開黃河上路，晚上到達黑山頭。聽不見父母呼喚女兒的聲音，只聽到燕山胡人戰馬的鳴叫聲。

📖 **賞析**

　　《木蘭詩》全篇記述了木蘭女扮男裝、代父從軍、征戰沙場、凱旋迴朝、建功受封、辭官還家的故事，充滿傳奇色彩。

第一段，寫木蘭聽到徵兵的訊息後無心紡織，用兩個排比句引出木蘭內心激烈的思想鬥爭，經過思考後，決定代父從軍。第二段，寫木蘭準備出征和奔赴戰場，她在集市上購買鞍馬和器具，顯示雖為女兒身，但有著英姿颯爽的氣勢。兩個「旦辭」，兩個「暮至」，顯示征途之長，行軍之急。無論是睡在黃河邊，還是黑山頭，輾轉反側睡不著，枕戈待旦想著家中爺娘，腦中一直縈繞著爺娘呼喚木蘭的聲音，經過層層遞進，渲染描寫，木蘭出征之後的心態和感受躍然紙上，展現出蒼涼而又悲壯的境界。

📖 拓展

《木蘭詩》與＿＿＿＿＿是兩首敘事詩，在中國古典詩歌中被稱為「樂府雙璧」，塑造了女性勇毅之氣，流傳千古，熠熠生輝。

A.《焦仲卿妻》　B.《孔雀東南飛》　C.《十五從軍征》
D.《陌上桑》

═══ 初二 ═══

從軍行

[唐] 楊炯

烽火①照西京②，心中自不平。

牙璋③辭鳳闕④，鐵騎繞龍城⑤。

雪暗凋⑥旗畫，風多雜鼓聲。

寧為百夫長⑦，勝作一書生。

📖 注釋

①烽火：邊防告急的煙火。②西京：都城長安。③牙璋：古代的一種兵符。④鳳闕：漢代宮闕名，指皇宮、朝廷。⑤龍城：又稱蘢城，指匈奴祭天聖地，是匈奴的政治中心，在今蒙古國中部。⑥凋：原意指草木枯敗凋零，此指失去了鮮豔的色彩。⑦百夫長（ㄓㄤ ˇ）：泛指下級軍官。

📖 譯文

邊塞告急烽火傳到長安，將士們心中自然不能平靜。

將帥手執兵符辭別皇宮，騎士們身著鐵甲直搗龍城。

大雪紛飛掩蓋軍旗顏色，狂風怒吼夾雜著戰鼓聲聲。

寧做下級軍官衝鋒陷陣，也勝過當個文弱白面書生。

📖 賞析

首聯寫邊報傳來，激起了志士的愛國熱情，說明戰事突發而又緊張，將士們奮勇而又激昂。「烽火」是古代邊防告急的最重要訊號，這一形象化的景物把軍情之急自然表現出來。「心中自不平」是由「烽火」而引起的，國家興亡，匹夫有責，群情激奮，奮不顧身。

頷聯寫將帥帶領軍隊辭京後的出戰。「牙璋」是皇帝調兵的符信，分凹凸兩塊，分別掌握在皇帝和主將手中，可見這次出征是何等重要。「鳳闕」是皇宮的代稱，說明這次出征將士懷有崇高的使命，又顯示出出師場面的隆重和莊嚴。「鐵騎繞龍城」將出征過程一筆帶過，說明軍隊神速，威風凜凜，勢如破竹，攻城拔寨，直搗老巢。

頸聯採取了跳躍式的結構，選取戰鬥中最重要也最引人矚目的「旗」和「鼓」具體兩個事物，從戰場上一個典型場景跳到另一個典型場景，跳躍式地發展前進。「雪暗凋旗畫」是視覺感受，「風多雜鼓聲」是聽覺感受，大雪瀰漫，遮天蔽日，旌旗翻動，狂風呼嘯，鼓聲隆隆，寥寥幾筆，將整個畫面描繪得有聲有色，足見這次戰鬥場面之激烈。

尾聯直接抒發從戎書生保邊衛國的壯志豪情。「百夫長」是艱苦激烈的戰鬥所賜，更增添了「書生」的鬥志，甘願馳騁沙場，為國出征，保衛邊疆，消滅敵人，建功立業。

📖 拓展

唐詩中提到的「龍城」一般都與匈奴有關。匈奴是古代蒙古大漠和草原上的游牧民族，秦始皇在位期間，其被逐出黃河地區。王昌齡的《出塞》中「但使龍城飛將在，不教胡馬度陰山」的龍城指的是？

A. 李廣　B. 衛青　C. 匈奴京城　D. 單于京城

初三

涼州詞（其一）

[唐]王翰

葡萄美酒夜光杯①，

欲飲琵琶馬上催②。

醉臥沙場③君莫笑，

古來征戰④幾人回？

📖 注釋

①夜光杯：用白玉製成的酒杯，光可照明，這裡指華貴而精美的酒杯。②催：一種解釋為催促應戰；一種解釋為節奏加快。③沙場：平坦空曠的沙地，古時多指戰場。④征戰：打仗。

📖 譯文

葡萄美酒盛滿在精美的酒杯中，

欲飲時突然馬上琵琶節奏加快。

即使醉倒在戰場上請你也莫笑，

出征將士能生還的人少之又少。

📖 賞析

　　王翰的《涼州詞》組詩共兩首，第一首著意渲染一種歡快宴飲的場面，用低沉、悲涼、感傷的語言表達反戰的思想，慷慨悲壯，廣為流傳。第二首抒寫邊關將士們夜聞胡笳聲而觸動的思鄉之情。這兩首都是打動過無數熱血男兒最柔軟心靈的千古絕唱。

　　首句如同拉開大幕，展現出一幅五光十色、光怪陸離、酒香四溢、觥籌交錯的歡聚酒宴，邊塞將士們開懷痛飲、情緒激昂、一醉方休，是邊地軍營生活的寫照，「葡萄」也作「蒲桃」，「葡萄美酒」、「夜光杯」都具有濃郁的邊地色彩和軍營生活特點。第二句是上二下五的句式，讀起來是「欲飲」、「琵琶馬上催」，帶有明顯的頓挫感，這一頓挫，從音律上由熱鬧舒適的宴飲環境，一下轉到豪情滿懷、緊張激昂的戰前氣氛中。

　　後兩句可以理解為筵席上的暢飲和勸酒，也可以理解為酒席之外第三者的旁白。邊塞荒涼的艱苦環境，緊張動盪的軍旅生活，使得將士們很難有歡聚的酒宴。男兒從軍，以身報國，生死早已置之度外。舉起白玉琢成的晶瑩夜光杯，斟滿殷紅的「葡萄美酒」，有酒且當開懷痛飲，醉了就醉了吧，就是「醉臥沙場」也沒有什麼丟臉的，於是，出征將士豪興逸發，舉杯痛飲。「古來征戰幾人回」表明自古以來有幾人能從浴血奮戰的疆場上生還呢！將士們明知前途險惡，卻仍然無所畏懼，勇往直前，從而表現出一股高昂向上的愛國熱情，讀罷使人蕩氣迴腸，這

正是盛唐邊塞詩的典型特徵。千百年來，「醉臥沙場君莫笑，古來征戰幾人回」一直為人們所傳誦。

📖 **拓展**

　　王翰的《涼州詞》別具一格，使戰士們徒增許多勇氣，甘願奔赴戰場，歷經生死。詩中的「夜光杯」指華貴而精美的酒杯。真正的「夜光杯」是用白玉製成的酒杯，據《海內十洲記》所載，為周穆王時＿＿＿＿＿所獻之寶，是白玉之精，光明夜照。

　　A. 北胡　B. 西胡　C. 西羌　D. 犬戎

初四

十一月四日風雨大作（其二）

[南宋] 陸游

　　僵臥①孤村②不自哀，
　　尚思③為國戍④輪臺⑤。
　　夜闌⑥臥聽風吹雨，
　　鐵馬⑦冰河⑧入夢來。

📖 **注釋**

　　①僵臥：躺臥不起，形容老病。②孤村：孤零零的村莊。③思：考慮。④戍（ㄕㄨˋ）：駐守，守衛。⑤輪臺：古西域地名，

在今新疆境內，是古代邊防重地。此處代指邊關。⑥夜闌（ㄌㄢ
ˊ）：夜深。⑦鐵馬：披著鐵甲的戰馬。⑧冰河：結冰的河流。

📖 譯文

我直挺挺地躺在孤寂的村莊裡，不為己悲還想著為國家守
衛邊疆。

夜深聽到屋外風吹雨打的聲音，夢見騎馬跨過冰封河流馳
騁疆場。

📖 賞析

陸游的《十一月四日風雨大作》組詩共兩首，第一首詩寫室
外雨大風急，室內處境悲涼。此為第二首，敘述了詩人在現實
中的處境，一腔禦敵之情只能寄託於夢境，表達了詩人為國雪
恥的壯志豪情。

前兩句將自己淒涼的境遇與崇高的人生理想做了鮮明對
比。「僵」指詩人已經年邁，「臥」是身體多病，「孤」是生活孤
苦伶仃，首句便籠罩著一種悲涼的氣氛，令人同情。由於陸游
「喜論恢復」，遭到主和派群起攻之，朝廷最終以「嘲詠風月」為
名，將其削職罷官，陸游晚年被迫退居家鄉山陰，不僅居處偏
僻，而且內心極其苦悶，但即使如此，詩人並「不自哀」，他的
滿腔熱血、一顆忠心，就是「為國戍輪臺」的精神狀態。「尚思
為國戍輪臺」一句全面展現了陸游高度的愛國情操，表達收復失

地、報效祖國的赤膽忠心。

後兩句表露詩人有心殺敵，無力迴天的思想情緒，淋漓盡致地表達了詩人的英雄氣概。因「尚思」而「夜闌」還不能成眠，「臥聽」呼應「僵臥」，在「孤村」能真切地感知風吹雨打的聲音，又想到國家的風雨飄搖，再聯想到為國效力，馳騁戰場的軍旅生活。「風吹雨」既寫實，扣題「風雨大作」，又象徵了南宋朝廷風雨飄搖，苟延殘喘的狀態。此時，南宋一批主戰派將領已經辭世，北伐事業不了了之，一腔報國之情只能寄託夢境，「入夢來」反映了政治現實的可悲、可嘆。

📖 拓展

全詩深沉地表達了作者_____收復國土、報效祖國的壯志和那種「年既老而不衰」的矢志不渝精神。「尚思為國戍輪臺」更是一代仁人志士的心聲，是南宋時期主戰派的浩然正氣。

A. 岳飛　B. 文天祥　C. 辛棄疾　D. 韓世忠

大雪

雪

[唐] 羅隱

盡①道豐年瑞②，

豐年事若何③？

長安有貧者，

為瑞不宜④多。

📖 注釋

①盡：全。②豐年瑞：瑞雪兆豐年之意。③若何：如何，怎麼樣。④宜：應該。

📖 譯文

都說瑞雪預示豐年來到，豐年的情況又會怎樣呢？

長安城裡還有貧苦窮人，寒冷的大雪不應該太多。

📖 賞析

今人諺語多出於古人的詩詞。如曹子建的「瓜田不納履，李下不正冠」，羅隱的「長安有貧者，為瑞不宜多」等。瑞雪兆豐年，預示著來年會有一個好收成，但眼下是在繁華的都城長安，這場「瑞雪」就值得深思了。

　　詩裡沒有直接出現畫面，也沒有任何形象的描繪，首句「盡道」二字，連繫下文，可以推測在繁華的長安都城裡有兩個世界的人們。一些安居大宅、身著華麗的達官顯貴，在酒酣飯飽、圍爐取暖時觀賞著這場大雪；還有一些食不果腹、衣不蔽體的窮人們，在這場大雪中凍得瑟瑟發抖。

　　次句一個反問，引發思考，即使真的豐收了，情況又會怎樣呢？唐朝初期是按照固定的比例徵收賦稅，中後期開始轉變，政府按照前幾年的支出情況，先定來年預算，然後按照這個預算總額，向各地攤派。此時藩鎮割據、起義不斷，財政緊張，免不了要加收稅額，這樣再攤派，更加容易造成橫徵暴斂，百姓遭殃。

　　底層的百姓盼不到「豐年瑞」所帶來的好處，卻會被達官貴族津津樂道的一場大雪凍死。長安貧窮的人太多了，所以雪下得越大，對於這些人來說，將是致命打擊。一夜風雪，不一定真能帶來明年的豐收，反而明日長安街頭會出現「凍死骨」，所以詩人發出感慨──「為瑞不宜多」。詩人用平緩從容的語調暗含犀利透骨的諷刺和揭露，這是對當時社會問題深刻的解讀和對當權者的警示。

　　題目是一個「雪」字，但全詩沒有一字描寫雪的景緻，詩人是站在社會底層來看待這樣一場雪，通篇看似普通，但是，只要細細品來，則會發現這首詩蘊含了憂國憂民的高遠情操。

📖 拓展

唐朝「均田制」的瓦解，象徵著土地以國有制為主的時代結束，是朝代歷史新局面的轉捩點。中唐_____以後，逐漸進入了土地私有制為主的時代，社會組織制度發生了巨大的變化。詩人寫此詩時，正是土地合法買賣、土地兼併盛行、土地集中達到前所未有程度之時。

A. 租庸調制　B. 兩稅法　C. 田租戶調制　D. 攤丁入畝制

═══ 初六 ═══

從軍行七首（其四）

[唐] 王昌齡

青海①長雲②暗雪山③，
孤城遙望玉門關④。
黃沙百戰穿金甲，
不破⑤樓蘭⑥終不還。

📖 注釋

①青海：指青海湖，唐朝置神威軍守護。②長雲：連綿不斷的雲。③雪山：此處指終年積雪的祁連山。④玉門關：漢朝設定邊關名，在今甘肅敦煌西。⑤破：打敗，打垮。⑥樓蘭：

漢時西域國名，在今新疆吐魯番市鄯善縣東南一帶。此處泛指西域地區的各部族政權。

📖 譯文

青海湖上雲層連綿雪山黯淡，從邊塞孤城遙望遠處玉門關。

黃沙和頻繁戰鬥磨穿了鎧甲，發誓不打敗敵人不返回家園。

📖 賞析

《從軍行》組詩是王昌齡在盛唐時期寫的邊塞詩，共七首，集中反映了唐朝國力之強盛，將士之英勇。第一首寫懷鄉思親，第二首寫將士邊愁，第三首寫將領愛卒，第五首寫首戰告捷，第六首寫奔赴前線，第七首寫邊塞景觀，此為第四首，表現戰士們為保衛祖國矢志不渝的崇高精神。

全詩提到多個地名：「青海」、「雪山」、「孤城」、「樓蘭」、「玉門關」，這正是當時西北戍邊將士生活、戰鬥的典型環境，是對整個西北邊陲的一個鳥瞰，一個概括。前兩句次第展現出西北邊境廣闊地域的畫面，透過對整個西北邊境廣漠地域的典型概括，可以看出此時大唐國力強盛，君主銳意進取，戍邊士卒激情豪邁的時代精神。

詩中「雪山」即河西走廊南面橫亙延伸的祁連山脈，「青海」指青海湖，與「玉門關」相距數千里，卻在同一幅畫面上出現，詩人濃縮了空間的距離，也刻意地將「河西走廊」、「樓蘭古國」

的時間跨度濃縮在一個點上，突顯大處落墨的描寫特點。

「黃沙百戰穿金甲」是概括力極強的一句，詩人將邊關慘烈的長期戰事一筆帶過，「穿金甲」三個字一方面展現官軍是精銳之師，另一方面更展現出戰鬥之艱苦激烈，「百戰」冠以「黃沙」二字，突出了邊關戰事的特點。「不破樓蘭終不還」是以漢朝言唐朝，擲地有聲，彷彿能聽到在天地之中無數排列整齊的將士，威風凜凜，鏗鏘有力，迎風怒吼的壯志豪言。全詩前兩句意境蒼涼，後兩句慷慨激昂，充分顯示出盛唐氣象。

📖 拓展

樓蘭是中國西部的一個古代小國，漢武帝通西域後，樓蘭正好擋在漢使出使的路上，經常劫掠漢使，且充當匈奴耳目。西元前一〇八年，漢武帝命數萬士卒攻破樓蘭，俘樓蘭王，樓蘭降服於西漢。西元前七七年，樓蘭國更名＿＿＿＿＿。西元四八八年，北魏西征，國王主動出城迎降，樓蘭至此滅亡。

A. 烏孫國　B. 鄯善國　C. 姑師國　D. 車師國

═══ 初七 ═══

出塞二首（其一）

[唐] 王昌齡

秦時明月漢時關，

萬里長征人未還。

但使①龍城飛將②在，

不教③胡馬④度陰山⑤。

📖 注釋

①但使：只要。②龍城飛將：一說指奇襲龍城的西漢名將衛青，一說指飛將軍李廣。此處泛指英勇善戰的將領。③不教：不叫，不讓。④胡馬：此處指侵擾中原的北方游牧民族騎兵。一作「朔馬」。⑤陰山：在今內蒙古自治區中部及河北北部。自漢武帝伐匈奴得此山後，為歷代北方屏障。

📖 譯文

仍是秦漢的明月秦漢的關，出征萬里的將士沒人歸來。

只要飛將軍李廣依舊健在，絕不讓胡人騎兵跨過陰山。

📖 賞析

　　《出塞》是唐代詩人寫邊塞詩常用的題目，這是一首慨嘆千古邊塞變遷，沒有永久和平，痛恨匈奴，思念名將，希望早日平息戰事的著名邊塞詩。

　　首句氣勢恢宏，統攝全篇。詩人從多年以前、千里之外下筆，勾勒出一幅冷月照邊關的壯闊蒼涼景象。用「秦」、「漢」、「關」、「月」四字交錯使用，互文見義的方式，即使用相互補充的字詞表達出更完整、更豐富的意思，使讀者把眼前明月下的邊關同秦代築關備胡、漢代在關內外與胡人發生一系列戰爭的悠久歷史自然地連繫在一起。既將五百年烽煙戰火囊括在內，又顯示出邊疆的寥廓和景物的蕭條，渲染出邊塞孤寂、蒼涼的氣氛。

　　次句觸景生情，飽含對邊塞將士護衛中原的讚美。「萬里」雖屬虛指，卻突出了空間跨度之遼闊。「人未還」是幾百年來，世世代代為國捐軀的將士不計其數，「明月」依舊，「關」依舊，人世間戰爭卻製造了無數的悲歡離合。

　　前兩句使人聯想到戰爭給人帶來的災難，表達了詩人悲憤的情感，後兩句直接抒發邊防將士保衛國家的堅定意志和壯志豪情。「但使龍城飛將在」的「龍城」指奇襲匈奴聖地龍城的名將衛青，而「飛將」則指威名赫赫的飛將軍李廣。「龍城飛將」並不止一人，實指衛青、李廣，更是借指眾多抗擊匈奴的名將。「不

教胡馬度陰山」表達只要有力挽狂瀾的名將，敵人的戰馬就不會度過陰山。這兩句承襲了之前的雄壯，寫得含蓄、巧妙，充滿強烈的愛國精神和豪邁的英雄氣概。全詩悲壯而不淒涼，慷慨而不自大，被明代詩人李攀龍稱為「唐人七絕的壓卷之作」。

📖 拓展

李廣在漢景帝時，參與平定七國之亂，在漢武帝時，任驍騎將軍，帶兵攻擊匈奴。因英勇善戰，使得匈奴畏服，數年不敢來犯，所以被稱為「飛將軍」。「桃李不言，下自成蹊」是＿＿＿＿＿評價李廣之詞，喻為人品道德高尚、誠實、正直，用不著自我宣傳，就自然受到人們的尊重和敬仰。

A. 司馬遷　B. 漢武帝　C. 司馬光　D. 唐太宗

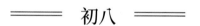

初八

從軍行（其二）

［唐］李白

百戰沙場①碎鐵衣②，
城南已合數重圍。
突營射殺呼延③將，
獨領殘兵千騎④歸。

📖 注釋

①沙場：平坦廣闊的沙地，此處指戰場。②鐵衣：用鐵甲編成的戰衣。③呼延：匈奴四姓貴族（呼延氏、卜氏、蘭氏、喬氏）之一，此處指敵軍的一員悍將。④千騎：一人一馬稱為一騎，形容人馬很多。

📖 譯文

將軍鐵甲都被無數次的征戰磨碎了，城南面又被敵人重重包圍。

將軍突進敵營射殺了敵軍一員大將，獨自率領著眾多殘兵歸來。

📖 賞析

李白的《從軍行》組詩共兩首，第一首描寫慷慨激昂征戰沙場，效力國家的願望，第二首描寫軍營被困，將軍衝出敵人包圍，浴血奮戰的故事，刻劃出一位無比英勇的將軍形象。全詩氣勢磅礴，凜然可敬，撼人心魄，極富悲壯之美。

首句寫戎馬生涯之嚴酷。詩人從「碎鐵衣」著筆，伴隨他出征的鐵甲都已磨碎了，「鐵衣」上的刀斑、磨損都源於「百戰」，足見征戰時間之長久，戰鬥過程之慘烈。首句即將一位身經百戰的英雄形象正面烘托出來。次句卻陡然急轉，顯示出情況十分危急，將軍所在之城被敵軍包圍，情況已危如累卵。「城南」

二字點明戰鬥地點，也表明這次戰鬥是敵人率先進犯，是不義之師，我軍實屬被迫應敵。「圍」字說明敵人已把唐軍重重圍困起來，「已合」、「數重」均顯示出敵我之間兵力懸殊，我軍已經沒有退路，面臨全軍覆沒的危險之境。

後兩句描寫千鈞一髮之際，守城將軍的英雄形象。「突營射殺呼延將」是選中敵軍的一員悍將作為目標，並沒有大開殺戒，也反襯道義之師的仁道主義。「突營」顯示其迅速、果敢、膽識過人，「射殺」顯示其精準、勇猛、正氣凜然。「呼延將」即匈奴呼延氏將領，《後漢書》中記載為「呼衍氏」，《晉書》中已改為「呼延氏」，為匈奴四大姓之首，此處指敵軍最高統帥。「獨領殘兵千騎歸」使人感到射殺敵人將領後，敵軍陷於慌亂，英雄乘機殺出重圍，獨領殘兵，奪路而出。「獨」字幾乎有千斤之力，壓倒了敵方的千軍萬馬，給予人頂天立地之感。「殘兵」突顯戰鬥異常緊張、慘烈，一位身先士卒、萬死不辭的將領形象躍然紙上。

📖 拓展

唐朝前期國力昌盛，經濟繁榮，為擴土開疆、富國強兵奠定了豐厚的物質基礎。唐朝初期主要實行條件下的徵兵制，官府挑選身體強壯者充兵，免其徵賦，春夏歸農，秋冬集合，並由官府發給兵器、資糧。先進的訓練戰術，精良的武器裝備，大大增強了唐軍的戰鬥能力。

A. 軍戶制　B. 衛所制　C. 府兵制　D. 兵農合一制

初九

塞下曲四首（其一）

［唐］常建

玉帛①朝回②望帝鄉，

烏孫③歸去不稱王④。

天涯靜處無征戰，

兵氣⑤銷為日月光。

📖 注釋

①玉帛：古代朝聘、會盟時互贈的禮物，是和平友好的象徵。②朝（ㄔㄠˊ）回：覲見皇帝後返回本土。③烏孫：漢代西域國名，在今新疆伊犁河流域。④不稱王：放棄王號。⑤兵氣：戰爭的氣氛。

📖 譯文

朝覲而回的使者手持玉帛回望長安，烏孫歸去再也沒有稱王稱霸。

邊關戰事停息後煙塵消散寂靜和平，到處充滿著日月清輝的景象。

📖 **賞析** ···

　　與多數邊塞詩描寫邊塞征戰、環境淒涼、將士思鄉或報效祖國的主題不一樣，這首邊塞詩謳歌了化干戈為玉帛的和平友好主題，賦予邊塞詩一種全新的意境，令人耳目一新。

　　前兩句是對西漢朝廷與烏孫民族友好交往的高度概括。「玉帛」指朝覲時的禮品，雙方互贈，是和平友好的象徵。「望」字顯得既形象，又生動。「望帝鄉」描寫烏孫使臣覲見皇帝後西歸，回頭眺望京城的動作，表達了使臣戀戀不捨的心情，表現出各民族之間關係友好，情深義重。「烏孫歸去不稱王」是指漢武帝時，對長期南下侵擾的匈奴，漢朝接連進行大規模軍事反擊，同時，漢武帝為結成對抗匈奴的聯盟，與西域諸國中最強大的烏孫國聯姻，曾兩次以宗女下嫁，安撫西域，遏制匈奴。自此，烏孫與漢朝長期保持著和平友好的關係，傳為千古佳話。

　　後兩句把今日的和平與昔時的戰亂作明暗交織的對比，描寫邊關享有和平寧靜的生活。「天涯」上承「歸去」，在前兩句生動概括了西漢朝廷與烏孫民族友好交往的史實後，透過「靜」字傳達出民族和睦的效果，謳歌了化干戈為玉帛的和平主題。「兵氣」讓人想到邊關戰事的緊張，戰爭廝殺的陰霾，狼煙滾滾的黑暗。「烏孫歸去不稱王」後，如今戰爭的煙塵消散了，「日月」的光華照耀大地，人民安居樂業，享受太平，展現了各族人民熱愛和平、反對戰爭，珍惜和平，讓戰爭永遠沉睡的美好願望。

📖 拓展

張騫曾出使西域的大月氏，打算與大月氏結盟夾擊匈奴，可是無功而返，故向漢武帝建議拉攏烏孫國。漢武帝將楚王劉戊的孫女_____下嫁烏孫國。她一生經歷漢武帝、漢昭帝、漢宣帝三朝，先後嫁三任丈夫，皆為烏孫王。一直活躍在西域政治舞臺上的她，積極配合漢朝，遏制匈奴，為鞏固漢室與烏孫的關係做出了重要貢獻。

A. 細君公主　B. 平陽公主　C. 解憂公主　D. 陽信公主

═══ 初十 ═══

前出塞九首（其六）

［唐］杜甫

挽弓①當挽強，用箭當用長。
射人先射馬，擒賊先擒王。
殺人亦有限②，列國自有疆③。
苟④能制侵陵⑤，豈在多殺傷。

📖 注釋

①挽弓：拉弓。②亦有限：也有個限度。③自有疆：總有個疆界。④苟：如果，假使。⑤侵陵：侵犯欺凌。

📖 譯文

拉弓應當拉堅硬的弓，用箭應當用較長的箭。

要射敵人先射他的馬，擒賊先擒他們的首領。

殺人也應該有個限度，各國都有自己的疆界。

如果能制止敵人侵略，何必過多地殺傷他們。

📖 賞析

　　杜甫的《前出塞九首》組詩是聯章體組詩，九首前後連貫，結構緊湊，渾然一體。透過描寫一個士兵從心懷戚戚被迫應徵開始，直到總結自己從軍作戰十餘年的經歷，層層遞進，如線貫珠，真實地反映了戰爭給兵士和百姓帶來的苦難。單獨一首又圍繞一個主題展開敘述，前後照應、井然有序。此為第六首，是以這個士兵的角度訴說對這場戰爭的看法，實際上是詩人對待戰爭的態度和觀點。

　　首聯闡述用人用物要用最強的觀點。透過戰場上總結的經驗，拉弓要拉最堅硬的，用箭要用最長的，可以事半功倍，克敵致勝。蘊含的哲學道理就是要善於抓住重點。頷聯繼續闡述抓住矛盾主要方面方能克敵致勝。要射敵人就先射他騎的馬，要抓一夥賊，只要抓住他們的首領，這夥賊也就容易降伏了。深層意思就是做事要選最有力的工具，方法上要切中關鍵要領，反對戰爭中大規模殺戮。組詩的第八首「虜其名王歸，繫頸

授轅門」即呼應「射人先射馬，擒賊先擒王。」

後四句是表達詩人「止戈為武」的安邊良策。從字面上看，詩人認為，殺人也要有個限度，每一個國家都有自己的疆域，能夠制止敵人的侵略就行了，難道打仗就是為了多殺人嗎？他認為，擁兵只為守邊，赴邊不為殺戮，歷史上任何軍事遠征，都是一種文化自殺。不論是為制敵而「射馬」，不論是不得已而「殺傷」，不論是擁強兵而「擒王」，都應以「制侵陵」為限度，不能亂動干戈，更不應侵犯異邦，這才符合廣大人民的利益。

📖 **拓展** ⋯⋯⋯⋯⋯⋯⋯⋯⋯⋯⋯⋯⋯⋯⋯⋯⋯⋯⋯⋯⋯⋯⋯⋯⋯⋯⋯⋯

《出塞》本來是漢武帝時音樂家_____根據西域音樂創作的樂曲，後來詩人們按照《出塞》曲調創作的歌詞也叫「出塞」。到了唐代，「出塞」、「入塞」、「塞上曲」、「塞下曲」大都屬於同型別的詩歌，杜甫作有多首《出塞》，先寫的九首稱為《前出塞》，後寫的五首稱為《後出塞》。

A. 李延年　B. 李龜年　C. 嵇康　D. 李季

══ 十一 ══

房兵曹①胡馬

〔唐〕杜甫

胡②馬大宛③名，鋒稜④瘦骨成。

竹批⑤雙耳峻，風入四蹄輕。

所向無空闊⑥，真堪⑦託死生。

驍騰⑧有如此，萬里可橫行。

📖 **注釋**

①兵曹：兵曹參軍，唐代官名。②胡：古代對北方與西域民族的泛稱。③大宛（ㄩㄢ）：西域古國，產良馬。④鋒稜（ㄌㄥˊ）：骨頭稜起，好似刀鋒。⑤竹批：馬耳朵好像斜削的竹筒一樣豎立著。⑥無空闊：任何地方都能奔騰而過。⑦真堪：可以。⑧驍（ㄒㄧㄠ）騰：勇猛快捷。

📖 **譯文**

這匹胡馬是從名馬故鄉大宛而來，骨似刀鋒稜角分明線條剛勁有力。

馬耳朵好像斜削的竹筒一樣豎著，跑起來輕快飛馳就如同腳下生風。

無論多麼空曠遼遠都能奔騰而過，可以把自己的身家性命託付給牠。

你擁有一匹如此勇猛快捷的良馬，可以橫行萬里馳騁天下為國立功。

📖 **賞析**

這是一首詠物言志詩。大約為杜甫三十歲前漫遊在齊、趙時期所作。全詩虛實相生，以馬喻人，反映了青年杜甫銳意進取、期望建功立業的精神。

前四句正面寫「胡馬」的外形、動態，是實寫。詩人第一眼看到牠時，就覺得令人驚豔，超凡絕倫。直接描畫了「胡馬」骨骼嶙峋，帶角帶稜，雙耳聳起，如竹尖峭，四蹄生風的樣子。「批」字寫出了馬的身形挺拔；「峻」字寫出了馬昂揚闊步的氣概；「輕」字寫出了馬急速飛馳的輕快；「入」字寫出了馬風馳電掣的神態。就形象而言，發現這匹「胡馬」異於常馬，詩人不禁感嘆，這匹胡馬居然是從名馬故鄉大宛而來，果然血統名貴。

接下來四句，由詠物轉入抒情，期望房兵曹能為國建立功業，更是詩人自己的雄心壯志。在胡馬面前，越廣闊的空間，越顯得輕鬆自如。更可貴的是胡馬馳騁於廣闊的天地時能化險為夷，騎牠的人可以性命相托，寫出「胡馬」值得信賴的品格。「驍騰有如此，萬里可橫行」的「驍騰」是對這匹名馬能力的總結

概括，同時也是對房兵曹的讚揚。「萬里可橫行」飽含著無盡的期望和抱負，將意境開拓得非常深遠。詩人寄希望擁有此寶馬的房兵曹可以橫行萬里，馳騁天下，為國立功，又是詩人自己心中燃燒、從未熄滅的志向寫照，渴望能建功立業，名揚萬里。

📖 **拓展** ....

　　杜甫用敏銳的洞察力，探尋到名馬的內在本質 —— 共艱險、託死生，堪為詠馬詩的上乘之作。唐朝詩人向來對馬是情有獨鍾的，李白、李賀、杜甫、岑參、韓愈都有大量寫馬的詩，其中的最多是？

　　A. 李白　B. 李賀　C. 杜甫　D. 岑參

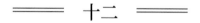

十二

西過渭州見渭水思秦川

〔唐〕岑參

　　渭水①東流去，
　　何時到雍州②？
　　憑③添兩行淚，
　　寄向故園④流。

注釋

①渭（ㄨㄟˋ）水：渭河，古稱渭水，是黃河最大的支流。②雍（ㄩㄥ）州：唐初改京兆郡為雍州，治所在長安。唐代開元元年，復改雍州為京兆府。此處借指長安。③憑：請求。④故園：指詩人在長安的別業。

譯文

看渭水滾滾向東流去，何時能流到長安？

請帶上我的兩行熱淚，寄向遙遠的故鄉。

賞析

詩人在題目上使用了「渭州」、「渭水」、「秦川」三個地理名詞，將詩中主旨內容和具體方位完全表述出來。「渭州」因渭水得名，唐朝時治所在襄武（今甘肅隴西東南）。「渭水」源出渭州，東流至陝西境內黃河。「秦川」泛指今陝西、秦嶺以北的關中平原一帶，因春秋戰國時屬秦國而得名，詩中指長安。「過」、「見」、「思」三個連續動作將事情的起因、經過和結果進一步闡述出來。

首句「渭水東流去」與題目「見渭水」呼應，暗含詩人遠離家鄉已久，距離長安很遠。此處與長安一水連線，剛剛流經此處的「渭水」，在不久的將來也會經過「雍州」。詩人不直寫自己

思鄉，而是透過流水來表達，不直說自己何時歸故鄉，而說渭水「何時到雍州？」語意極其委婉。

後兩句承接上文，呼應題目。既然詩人無法返回故鄉，只能將兩行熱淚灑向河水，讓河水帶回故鄉。在詩人眼裡，這向東奔騰而去的渭水就像入京使者，寄託的不只兩行熱淚，更是一片深情。如果說「渭水東流去」的「流」，僅僅是水流，是詩人之所見，是觸發鄉思的一個外界因素，那麼，「寄向故園流」的「流」就不只是水流，它所流去的已不只是河水，而是詩人的一片深情。詩人急切地詢問「何時到雍州」的原因，在這裡也就找到了答案。與「故園東望路漫漫，雙袖龍鍾淚不乾。馬上相逢無紙筆，憑君傳語報平安」的心境如出一轍。

📖 拓展

唐朝的邊塞詩已發展到了頂峰，僅就其數量來說，就有近兩千首，超過了以前歷代邊塞詩的數量總和。詩人們親歷了茫茫大漠的金戈鐵馬，為邊塞詩注入奇特想像，誇張大膽、風格峭拔、氣勢雄偉，充滿著豪邁的情懷和英雄氣概。同一時代湧現了高適、岑參、王昌齡、王之渙等多名著名邊塞詩人，其中年齡最大的是？

A. 王之渙　　B. 岑參　　C. 王昌齡　　D. 高適

═══ 十三 ═══

逢入京使①

[唐]岑參

故園②東望路漫漫③，
雙袖龍鍾④淚不乾。
馬上相逢無紙筆，
憑⑤君傳語⑥報平安。

📖 **注釋**

①入京使：進京城長安的使者。②故園：指長安和自己的長安別業。③漫漫：形容路途十分遙遠。④龍鍾：涕淚淋漓的樣子。⑤憑：煩勞，請求。⑥傳語：指帶個口信。

📖 **譯文**

向東遙望長安家園路途遙遠，涕淚淋漓沾溼了我的雙袖。
在馬上相逢沒有準備紙和筆，煩勞給我家人報個平安吧。

📖 **賞析**

詩人在路上遇到回京的使者，請他捎句話給家人不要掛念，這是人之常情，但透過詩人對細節的刻劃，表達出來的情感卻更深一層，結句尤讓人覺得似含有無限悲辛。

　　第一句寫眼前的實景。「故園」指詩人在長安的家,「東望」點明長安的大致位置。詩人離開長安已經很久了,正走在向西域行進的道路上,回頭一望,只覺長路漫漫,塵煙蔽天。他在西行途中,偶遇前往長安的東行使者,勾起詩人無限的思鄉之情。

　　「雙袖龍鍾淚不乾」的「龍鍾」是淋漓沾溼的意思,寫得十分傳神。「龍鍾」和「淚不乾」都形象地描繪出詩人對長安親人無限眷念的深情神態。思鄉之淚,涕泗滂沱,這多少有點誇張,但更讓人能直觀感受到西行路途的苦悶、艱難。

　　第三句的「逢」字與題目相呼應,正是在趕赴安西的途中,遇到了一位入京的使者,彼此都跨在馬上,交臂而過,一個繼續西行,一個東入長安,正好託故人帶封平安家信回去。可結尾更能出奇制勝,偏偏相逢時沒有「紙筆」在身,或者說即使有「紙筆」也不會有時間寫家信,只好託使者給家人帶個口信,「憑君傳語報平安」吧。這種複雜的心情與張籍《秋思》中「復恐匆匆說不盡,行人臨發又開封」有異曲同工之妙。

📖 拓展

　　此詩約寫於天寶八年(西元七四九年),這一年,岑參第一次從軍西征,他辭別了居住在長安的妻子,躍馬踏上了漫漫征途,充任＿＿＿＿＿＿的幕府書記,西出陽關。在通訊、交通都極不方便的唐代,對一個久居內地的讀書人來說,要離家數千里,

穿越戈壁沙漠，去往一個完全陌生的地方，豈有不思念家鄉
之理。

A. 單于節度使　B. 北庭節度使　C. 安西節度使　D. 安北
節度使

十四

塞上曲（其二）

[唐]戴叔倫

漢家旌幟①滿陰山②，

不遣③胡兒④匹馬還。

願得此身長報國，

何須生入玉門關⑤。

📖 **注釋**

①旌幟：旌旗。②陰山：今內蒙古的山脈名稱。自漢武帝
伐匈奴得此山後，為中國歷代北方的屏障。③不遣：不讓，
不使。④胡兒：對胡人的蔑稱。⑤玉門關：始置於漢武帝開通
西域道路，設定河西四郡之時，因西域輸入玉石時取道於此而
得名。

📖 **譯文**

漢唐的旌旗在陰山飄揚，胡人膽敢來犯讓他有來無回。

願以此身永遠報效國家，何必一定要活著進入玉門關。

📖 **賞析**

在盛唐特定的歷史條件下，大量詩人直接成為邊塞詩新的創作主體，促成了盛唐時期邊塞詩的空前繁榮。其主要特徵是壯美、陽剛、深沉、渾厚、含蓄、雋永，令人感到一種積極向上的生命力，展現當時泱泱大國的雄厚實力和生生不息的民族精神。

前兩句語言鏗鏘有力，慷慨激昂，「滿」字說明漢唐軍力量強大，「滿陰山」說明漢唐重兵迎敵。「胡兒」則語氣堅決，蔑視侵犯我中原的敵人，膽敢來犯必將重兵迎敵，對胡兵一騎都不會放過，可以想見詩人保家衛國的決心。

後兩句表達作為大唐子民的詩人和將士願意傾盡此生報效國家，以必死信念戰勝胡兵，保衛國家邊境安寧。「願得此身長報國」展現詩人和將士報國的堅定意志。人生最重要的志向應該同國家和人民連繫在一起，大丈夫要想建功立業怎能還顧忌能否活著返回家園？玉門關始置於漢武帝時期，最初是漢朝的門戶，漢武帝時，派霍去病等率軍西征，趕走匈奴，打通河西走廊，設定河西四郡，即武威、酒泉、張掖、敦煌。茫茫戈壁

一望無際，唐朝詩人多有詩言玉門關，如王之渙的「春風不度玉門關」，王昌齡的「孤城遙望玉門關」，李昂的「雲中恆閉玉門關」，玉門關無論是在風沙戈壁深處，還是在詩人們的心目中，都是一種悲慨蒼涼的意象。詩人用「玉門關」這個意象表明了自己的態度，更是愛國精神的進一步昇華。

📖 拓展

此詩化用一處典故：_____為國家安定，守護西域，鞠躬盡瘁，「生入玉門關」原本是說其出使西域三十多年，老時思歸鄉裡，上書言「臣不敢望到九泉郡，但願生入玉門關」。但以戴叔倫之見，這種愛國精神還不夠徹底，即他不應提出「生入玉門關」，也無須提出「生入玉門關」。

A. 李廣　B. 張騫　C. 班固　D. 班超

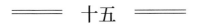

十五

調笑令‧邊草

[唐] 戴叔倫

邊草①，邊草，邊草盡②來兵老。
山南山北雪晴。千里萬里月明。
明月，明月，胡笳③一聲愁絕④。

注釋

①邊草：邊塞之草，在秋天乾枯變白，為牛馬所食。②盡：死。③胡笳（ㄐㄧㄚ）：古代北方民族的一種樂器，有濃郁民族色彩，形似笛子。④愁絕：極度憂愁。

譯文

邊草啊邊草，邊草乾枯時戍邊的兵士已老。

山巒南北雪後放晴，千里萬里都處處月明。

明月啊明月，傳來的胡笳聲令人憂愁欲絕。

賞析

這是一首反映邊地戍卒思歸情緒的小令，開頭用邊塞特有的一種常見野草起興，且兩個「邊草」的重複使用，讓人感受到茫茫草原一望無際，顯示出邊塞天地的空遠寥廓，渲染出無比荒涼的氣氛。「邊草盡來兵老」，再次使用「邊草」二字不斷鋪墊悲涼的感觸和時間的悠長。詞人將「邊草」與「兵」並提，言「邊草盡」的時候，戍邊的兵士也都老了，寄寓詞人對戍卒遭遇的深切同情。

「山南山北雪晴，千里萬里月明。」 接下來，視角從邊草轉到白雪、明月，進一步渲染兵士靜夜思歸的心境。前句寫邊塞冰山雪地，白雪皚皚，晴空萬里，後句寫白雪如鏡，明月皎

潔，兩相映照。在草木枯萎、人煙稀少的空闊天地中，明月自然成為兵士眼中最重要、最顯眼的景物。明月能夠普照「千里萬里之景」，也暗喻邊塞與家鄉相隔之遙遠，引起懷人思鄉之情。

結句「明月，明月，胡笳一聲愁絕。」戍卒面對明月，思鄉懷人之情更切，似乎戍邊的士兵們已長著翅膀飛回了家鄉，一聲胡笳使戍卒從思鄉夢中驚醒。這種北方民族特有的樂器讓人清醒，原來自己仍在邊地，思苦之心使人看到明月也苦，人愁之意使人看到明月也愁。最後用「愁絕」二字表現出戍卒極度憂愁苦悶的心理狀態，同時也造成與「邊草」呼應的作用。

📖 拓展

漢末大亂，諸侯割據，農民起義，烽火連年。博學多才，擅長文學、音樂、書法的_____在逃難中被匈奴所擄，流落塞外生活十二年，無時無刻不在思念故鄉。曹操統一北方後，將其重金贖回。據說其回到中原後，寫下了著名長詩《胡笳十八拍》，敘述自己一生不幸的遭遇。

A. 蔡文姬　B. 陰麗華　C. 黃月英　D. 班昭

十六

夜上受降城聞笛

［唐］李益

回樂峰^①前沙似雪，
受降城^②外月如霜。
不知何處吹蘆管^③，
一夜徵人^④盡望鄉。

📖 **注釋**

①回樂峰：一說在今寧夏靈武縣西南的山峰；一說為古時靈州回樂縣的烽火臺。②受降城：一說指唐朝在黃河以北築受降城，分東、中、西三城，均在今內蒙古自治區境內；一說指因唐太宗親臨過該地接受突厥部投降而得名。③蘆管：起源於古代波斯，是古代西域使用的樂器。④徵人：戍邊的將士。

📖 **譯文**

回樂峰前的沙地白得像雪，受降城外的月色冷若冰霜。

不知何處吹起淒婉的蘆管，一夜間戍邊將士思念故鄉。

📖 賞析

　　邊塞的月夜裡，本是一番迷人的景象，李益的這首七絕用月色渲染邊關的淒冷氣氛，用樂聲襯托濃烈的思鄉之情。感情真摯而飽滿，極易引起讀者的共鳴。

　　前兩句描寫了一幅邊塞月夜的獨特風景。舉目遠眺，邊塞的景色，是何等荒涼，只有茫茫一片宛如白雪似的白沙，邊塞的月，是何等清冷，冷如冰霜地掛在天上。寥寥幾筆，勾畫出在月光的映照下如同積雪般的荒原，透過這寒氣襲人的景物，表達出「徵人」心境的愁慘淒涼。正是這似雪的沙漠和如霜的月光，使受降城之夜顯得特別空寂慘淡，也使詩人強烈地感受到置身邊塞的孤獨，進而發出思鄉情愫。「回樂峰」和「受降城」具體位置歷來頗有爭議，可以脫離地點的考證，作為邊塞的一個縮影，對全詩的理解並無影響。

　　後兩句是抒情，道出出征之人思鄉之情的深重和急切。第三句寫側耳傾聽，第四句寫內心猜測。透過前兩句的鋪墊，在這樣一個淒冷的場景中，戍邊將士的內心一定是壓抑的，在這個冰冷的月夜裡，寂靜的荒原中突然傳來了樂聲，「蘆管」聲音悠揚綿長，恰當地渲染全詩淒涼的氛圍。「一夜徵人盡望鄉」給人一種淒涼的畫面感，戍邊的將士一個個披衣而起，憂鬱的目光掠過似雪的白沙，久久地凝視著遠方，此時此地，靜得可怕，靜得出奇，唯有天籟般的「蘆管」聲在天空、大地、山谷間幽幽迴盪。

📖 **拓展**

　　蘆管的歷史久遠，起源於古代波斯，是古代西域的一種常見樂器，　時傳入中原，南北朝至唐代極為盛行。唐代文人白居易、岑參、元稹、李涉、劉禹錫，宋代文人蘇軾、晏幾道、沈括、劉克莊等都在詩中描繪過蘆管的美妙聲音。

　　A. 西漢　B. 東漢　C. 西晉　D. 東晉

═══ 十七 ═══

和張僕射①塞下曲（其二）

[唐] 盧綸

林暗草驚風②，

將軍夜引弓③。

平明④尋白羽⑤，

沒⑥在石稜中。

📖 **注釋**

　　①和張僕射：和（ㄏㄜˋ），依照別人詩詞內容和格律來寫作詩詞。張僕（ㄆㄨˊ）射（一ㄝˋ）：一說為張延賞（西元七二六年至七八七年），唐德宗時期涇原兵變擁護朝廷有功，授左僕射；一說為張建封（西元七三五年至八〇〇年），唐德宗時

期抵禦淮西叛軍有功，授右僕射；韓愈曾投到他的門下，並有詩相贈；一說為張獻甫（西元七三六年至七九六年），唐德宗時期抵禦吐蕃進攻，邊患因而稍緩，加銜檢校左僕射。②驚風：突然被風吹動。③引弓：拉弓，開弓。此處指善於騎射。④平明：天亮的時候。⑤白羽：箭桿後部的白色羽毛，此處指箭。⑥沒（ㄇㄛˋ）：隱藏，消失，此處指鑽進。

📖 譯文

林中幽暗，風吹雜草晃動，將軍夜色中拉滿弓射出箭。

天亮時候，出去尋找箭羽，箭頭竟深深地插入石縫中。

📖 賞析

《和張僕射塞下曲》是盧綸的組詩作品，共六首。前五首分別描寫：發令出征、夜巡射虎、雪夜懾敵、慶功宴舞、乘興逐獵的場面，第六首頌揚將士們只為保疆安民、不求功名利祿的高尚情懷。組詩表現出邊塞真實生動的軍旅生活與將士們英勇無畏的性格，將邊關將士英勇善戰、豪情滿懷的磅礡氣勢描繪得活靈活現，躍然紙上。此詩為組詩第二首，透過典型場景描寫，表現了將軍的勇武。

首句點名時間、地點和場景。即樹林中、夜晚、風吹草動，似乎有隻猛虎在伺機而動。「草驚風」製造出一種緊張氣氛。次句描寫「將軍」鎮定自若、從容不迫的氣度。「將軍」心有

猛虎，細嗅薔薇，聽見有「草驚風」的聲響，臨危而不致變色，遇險而不會慌亂。從容「引弓」，張弛有度，反應迅速，動作敏捷。

後兩句進一步展現這位武藝超群、膽量過人的守邊將軍形象。詩中沒有描寫「夜引弓」之後是什麼情況，一步跳躍至「平明」時間，去尋找將軍昨夜射出的白色羽箭，哪裡有老虎，只見箭鏃插入一塊石縫中，這出乎意料的結局，令人驚異，令人感嘆。戲劇性的結尾用「沒」字，而不用「射」、「插」、「嵌」字，更加反映了將軍武藝超群、箭無虛發、力量過人的形象。強將手下無弱兵，有如此勇武的將軍，軍隊的士氣自然高昂，作戰時必然能勇往直前、奮勇殺敵、所向披靡。

📖 拓展

這首詩的取材出自《史記》中。據記載，漢代名將_____猿臂善射，在任右北平太守時，就有這樣一次富於戲劇性的經歷：「……出獵，見草中石，以為虎而射之。中石沒鏃，視之石也。因復更射之，終不能復入石矣。」

　　A. 衛青　　B. 李廣　　C. 霍去病　　D. 韓信

十八

和張僕射塞下曲（其三）

[唐] 盧綸

月黑①雁飛高，
單于②夜遁逃③。
欲將④輕騎⑤逐，
大雪滿弓刀⑥。

📖 **注釋** ....

　　①月黑：夜晚不見月亮的時候。②單（ㄔㄢˊ）于：漢時匈奴人對其君主的稱呼，泛指外族首領。③遁逃：逃走，逃避。④將：帶領，率領。⑤輕騎：輕裝快速的騎兵。⑥弓刀：像彎弓一樣的刀，指軍刀。

📖 **譯文** ....

　　在不見月亮的夜晚，大雁驚飛，敵人首領趁著夜色倉皇逃跑。

　　將軍率領輕騎追擊，整裝待發，大雪紛飛落滿在將士的弓刀。

📖 賞析

　　《和張僕射塞下曲》組詩中每一首都能抓住典型環境與典型場景，獨立成章，內容豐滿，形象鮮明，氣勢雄闊。組詩中的第三首，構思巧妙，意境雋永，精巧如畫，字裡行間洋溢著雄壯豪放的英雄氣概，讀之令人振奮，成為組詩中的精采佳作。

　　首句是寫景，但又不是實景，「月黑雁飛高」是詩人創作出來的意中之景。漆黑的夜晚，本不是雁飛的正常時刻，而「雁飛高」是指本已棲息的「雁」被驚起，透露出黑暗的場景中有人正在行動。寥寥五個字，既交代了時間，又烘托出緊張氣氛。「單于夜遁逃」交代事件的起因和重點。「單于」是匈奴人對他們部落聯盟首領的專稱，詩中借指敵軍統帥。一個「逃」字說明敵軍已經在戰鬥中敗北，正在夜色的掩護下倉皇逃走，與上一句「雁飛高」是因果關係。

　　後兩句正面展示出我軍將士的英勇精神和威武氣概。「欲將輕騎逐」描寫敵軍連夜逃跑，我軍反應迅速。「欲將」說明追兵將發而未發，不用率領大軍而僅派「輕騎」即可，顯示了一種高度的自信，也是對敵人的一種蔑視，彷彿甕中之鱉，手到擒來，玩於股掌之間。當勇士們列隊準備出發時，雖然站立不過片刻，而「大雪」竟落「滿弓刀」，這句「大雪滿弓刀」刻劃了戰場上一個鏡頭，非常具有聯想性，可以想像，在靜謐的夜空中充斥著吶喊嘶鳴，在昏暗的天地間蘊藏著電石火光，在茫茫的

大雪中夾雜著血雨腥風，在凜冽的寒風中醞釀著奮勇激戰。詩人沒有繼續描寫追擊敵軍的場景，僅在「大雪滿弓刀」這一高光時刻，戛然而止，猶如箭在弦上，將發未發，讓人感到意猶未盡，意味無窮。

📖 拓展

匈奴語中的「撐犁」意為「天」，「孤塗」意為「子」，「單于」意為「廣大」。《史記・匈奴列傳》記載：匈奴的第一任單于是_____，他制定了匈奴部落制度，發展了匈奴的軍事力量。他在世時，曾稱統領匈奴部落的首領為「撐犁孤塗單于」，並以其名為國號，後被其子所殺。

A. 冒頓單于　B. 老上單于　C. 頭曼單于　D. 軍臣單于

═══ 十九 ═══

隴西行（其二）

[唐] 陳陶

誓掃匈奴^①不顧身，
五千貂錦^②喪胡塵^③。
可憐無定河邊骨，
猶是春閨^④夢裡人。

注釋

①匈奴：古代蒙古高原游牧民族，興起於今內蒙古陰山山麓，他們披髮左衽。②貂錦：貂裘、錦衣，此處指裝備精良的軍隊。③胡塵：胡地的塵沙。④春閨：一作「深閨」，指女子的閨房。此處指戰死者的妻子。

譯文

將士們奮不顧身誓死橫掃匈奴，無數精兵已死在胡地的戰場上。

可憐無定河邊上的纍纍白骨啊，至今還是妻子夢裡盼歸的親人。

賞析

首句「誓掃匈奴不顧身」中「誓掃」讓人想起了名將霍去病「匈奴未滅，何以家為」的誓言，顯示全體將士忠勇氣概。詩中沒有正面描寫任何戰爭，而是擷取將士們誓死殺敵、奮不顧身這一片段，側面渲染邊關的戰爭氛圍，以精練概括的語言，敘述了一段慷慨悲壯的激戰場面。

然而，即使是裝備精良的軍隊，仍然有無數將士喪身「胡塵」，足見戰鬥場面之激烈和將士傷亡之慘重。這支虎狼之師，奮不顧身，誓死殺敵，以「不破樓蘭終不還」的大無畏氣勢殺向敵營。現實中，為了邊境和平與中原穩定，無數將士毅然決然

地投身抗擊匈奴的戰爭當中，並為此付出了生命。

第三、四句「可憐無定河邊骨，猶是春閨夢裡人。」詩人獨具匠心，戰爭是殘酷的、慘烈的，無定河邊激戰後留下的白骨，是永遠也回不了家的軍魂。把「河邊骨」和「春閨夢」連繫起來，寫妻子不知家人已經戰死疆場，仍然在夢中想念的已成白骨的丈夫，這種「春閨」思念親人團聚之情，使全詩產生震撼心靈的巨大力量。

有人說此詩反映了唐代長期征戰帶給人民的痛苦和災難，但連繫起陳陶《隴西行》第一首「漢主東封報太平，無人金闕議邊兵。」應是從漢武帝東至泰山行封禪之事寫起的，再結合「無定河邊骨」來看，戰爭已經發生很久，連陣亡將士的屍體也已變成了白骨一堆。與王昌齡的「黃沙百戰穿金甲，不破樓蘭終不還」一樣，應是以漢朝之事言唐朝邊塞。

📖 拓展

秦始皇時期修建的秦直道穿越無定河，漢武大帝祭祀軒轅黃帝親臨此地，一代天驕成吉思汗征戰西夏的戰旗在無定河畔迎風飄揚，北宋官員、科學家沈括駐守邊境，抵禦西夏經過此地。無定河在_____，跨越了中國毛烏素沙漠和黃土高原兩大區域，是中國黃河著名的一級支流。

A. 甘肅定西　B. 寧夏固原　C. 內蒙古烏海　D. 陝西榆林

══ 冬至 ══

邯鄲冬至夜思家

［唐］白居易

邯鄲①驛②裡逢冬至，

抱膝燈前影伴身。

想得家中夜深坐，

還應說著遠行人③。

📖 注釋

①邯鄲：今河北省邯鄲市，是國家歷史文化名城，成語典故之都。②驛：驛站，舊時供傳遞公文的人中途休息、換馬的地方。③遠行人：離家在外的人，此處指作者自己。

📖 譯文

在邯鄲客棧住宿時正趕上冬至，抱著雙膝坐在燈前只有影子相伴。

遙想家人今夜也會圍坐在一起，應正談論著我這個在外的遠行人。

📖 賞析

　　詩中以近乎白描的手法，描寫詩人於冬至夜裡宿於邯鄲驛舍中，只有孤燈相伴，思念家鄉親人的情感倍增。全詩構思巧妙別緻，感情真摯動人，流露著濃濃的思鄉思親之情。

　　前兩句寫自己在靜夜中，抱膝坐在燈前，唯有影子相伴。白居易進士及第後經歷幾年的宦遊在外生活，這一次夜宿於邯鄲驛舍中，恰好趕上冬至。冬至既是四時八節之一，被視為冬季的大節日，也是民間的重要傳統祭祖日，尤其在唐宋時期，以冬至和歲首並重。這一天，朝廷要放假，民間也很熱鬧，備辦飲食，享祀先祖，一派過節的景象。詩人羈旅在外，從「抱膝」二字可以看出詩人呆坐的神態，用「燈前」引出「影伴身」的形象，屋內「抱膝」的剪影陪伴孤坐的「身」，令人倍感孤單寂寞。

　　後兩句表達思鄉之情。在異鄉的遊子，想起家鄉時，溫暖的記憶，瞬間都翻湧上心頭。詩人並沒有直接寫自己如何思家，而是遙想今夜家人圍坐在燈前，談論著自己這個遠行之人，以親人思念詩人，來表現自己「思家」。「想得」和「還應說著」都表明這是詩人在燈前抱膝時的推斷之想，思念越深，越會推己及人，詩人善於運用想像，使情感擴大化。如王維《九月九日憶山東兄弟》的「遙知兄弟登高處，遍插茱萸少一人。」杜甫《月夜》的「今夜鄜州月，閨中只獨看。」都是寫羈旅在外的「遠

行人」那種濃濃的思親之情。

　　全詩語言質樸無華卻形象鮮明，詩中無一「思」字，只娓娓敘述，卻處處含著「思」情。

📖 拓展

　　古代，以北斗七星的運轉計算月令，北斗七星的斗柄循環旋轉，順時針旋轉一圈為一週期，謂之一「歲」。斗柄指向＿＿＿＿＿為冬至，又名冬節、大冬、亞歲。《漢書》中有：「冬至陽氣起，君道長，故賀。」人們認為過了冬至，白晝一天比一天長，陽氣回升，是一個節氣循環的開始，應該慶賀。

　　A. 正東　B. 正南　C. 正西　D. 正北

廿一

登岳陽樓

［唐］杜甫

　　昔聞洞庭水，今上岳陽樓。
　　吳楚東南坼①，乾坤日夜浮②。
　　親朋無一字③，老病有孤舟。
　　戎馬④關山北，憑軒⑤涕泗⑥流。

📖 注釋

①坼（ㄔㄜ ˋ）：分裂。②乾坤日夜浮：指天地、日月、星辰都飄浮在洞庭湖上。③無一字：沒有一封書信。④戎（ㄖㄨㄥ ˊ）馬：軍馬，借指戰爭。⑤憑軒：靠著窗戶或廊上的欄杆。⑥涕（ㄊ一 ˋ）泗（ㄙ ˋ）：眼淚和鼻涕。一作「涕洟」。

📖 譯文

從前只聽說過洞庭湖，今日有幸登上了岳陽樓。

大湖把吳楚兩地隔開，天地日月都漂浮在湖面。

親朋好友們杳無音信，我年老體弱在舟上漂泊。

北方邊關的戰爭未止，靠著欄杆淚水鼻涕橫流。

📖 賞析

西元七六八年，杜甫漫遊至岳陽，登岳陽樓遠眺，觸景生情而作此篇。全詩深沉蒼涼，頓挫跌宕，意境雄闊，感慨萬分，表達詩人對壯麗山河的讚美，對個人潦倒生活的慨嘆，對壯志未酬的激憤與哀怨。

開篇雖只是平平的交代，卻蘊含著強烈的今昔對比之感。前兩聯寫登岳陽樓所見。用凝練的語言，將洞庭湖水浩瀚磅礴的氣勢和宏偉壯麗的形象真實地刻劃出來。「吳楚東南坼」是寫茫茫一片的洞庭湖將吳楚大地分裂成為兩塊。「乾坤日夜浮」勾

勒出一幅吐納日月、氣象宏偉、變化萬千的畫面。

頸聯表達自己懷才不遇，壯志未酬的複雜心情。「無一字」點出詩人的孤單苦寂，「有孤舟」抒發個人的飄零無依，「老」、「病」、「孤」是詩人自身寫照，此時登樓，倍感孤獨悲哀。詩中的一「有」與一「無」是人生兩大不幸之事。

尾聯感慨戰亂不停，抒寫出詩人眼睜睜看著國家混亂而又無可奈何，空有一腔熱忱卻報國無門的淒傷心情。他「憑軒」向北眺望，遠隔千山萬水，看不到都城長安，心中卻呈現出長安危急的情景了。「涕泗」出自阮籍的「齊景升牛山，涕泗紛交流。」詩人「憑軒」而立，禁不住傷心的思緒，老淚縱橫，對國家安危、時局動盪的憂思盡在其中。

整首詩語言質樸，意蘊豐厚，雄渾大氣，氣度超然，在抒發自己壯志未酬、淒苦伶仃的同時，表達對自身和國家多災多難的憂愁和焦慮。

📖 拓展

此詩作於唐代宗大曆三年（西元七六八年）冬，此時的杜甫距離生命結束只剩兩年的時間，詩人登上城樓後，對著浩瀚的湖水，觸景生情，抒寫了對自己身世的感慨，表達了對時局的憂慮。詩中「戎馬關山北」是指_____事件。

A. 吐蕃入侵　B. 奉天之難　C. 平涼劫盟　D. 安史之亂

登岳陽樓（其一）

[南宋] 陳與義

洞庭之東江水西，簾旌^①不動夕陽遲^②。

登臨吳蜀橫分^③地，徙倚^④湖山欲暮時。

萬里來遊還望遠^⑤，三年多難^⑥更憑危^⑦。

白頭弔古^⑧風霜裡，老木滄波^⑨無限悲。

注釋

①簾旌（ㄐㄧㄥ）：簾端所綴布帛，指酒肆茶樓的招子。②夕陽遲：夕陽慢慢下沉。③橫分：瓜分。④徙（ㄒㄧˇ）倚（ㄧˇ）：徘徊，流連不去。⑤望遠：遠望四周，眺望中原。⑥三年多難：從北宋滅亡到作者寫此詩時已三年。⑦憑危：指登樓靠著高處。⑧弔古：哀悼，憑弔。⑨滄波：碧波。

譯文

岳陽樓在洞庭湖以東，長江以西，近處簾旌不動，遠處夕陽下沉。

登臨當年吳國和蜀國的分界之處，天色將晚，我在這湖山邊徘徊。

萬里來到這裡登高遠望中原大地，倚樓回想多災多難的三年時間。

滿頭白髮的我在風霜裡憑弔古人，古樹青蒼映襯我心中無限傷悲。

📖 **賞析**

靖康之變後，文人墨客和廣大百姓一樣，遭遇國破家亡、流離失所的巨大變化，在這樣的歷史背景下，詩人登上岳陽樓，不禁感慨萬分。此詩意境雄偉，氣象開闊，蒼涼悲壯。

首聯寫明岳陽樓的地理位置和登樓時間。岳陽樓面朝無邊無際的洞庭湖，背靠浩浩蕩蕩的長江水。在一片慘淡的夕陽餘暉中，樓上懸掛的帷幔一動不動，看似乎常，實則細膩，「簾旌」的安靜和「夕陽」的下沉，表明無風無浪，日薄西山，淒涼寂寞，社會的動亂在此可見一斑。

頷聯憶「吳蜀」，融入厚重歷史情感，說「徙倚」是滲透個人悵惘心情。「吳蜀橫分地」指三國時期吳、蜀爭奪荊州，吳將魯肅曾率兵萬人駐紮在岳陽。

頸聯「萬里」與「三年」從空間和時間兩個跨度上敘述，抒寫了一個亡國之臣心中強烈的憤懣和萬般的無奈。「萬里來遊」其實是萬里顛沛，「望遠」其實是憑弔淪陷的中原地區，「三年多難」則是對避難南奔、顛沛流離的高度概括，「更憑危」抒發詩

人空懷凌雲志，徒有報國心，引出下文的「無限悲」。

尾聯書寫詩人淪落天涯的無盡淒涼，表達國破家亡的無限悲痛。「風霜」既指霜色濃重，又與自己的「白頭」互相映襯，且暗喻國家政治局勢之嚴峻。眼前的景色盡是凋零的老樹和在寒風中捲起的洞庭湖波，「老木」、「蒼波」既是眼前實景，又隱含無限的傷悲，含蓄蘊藉，意味深長。

📖 拓展

陳與義是北宋末年、南宋初年的傑出詩人，被推崇為江西詩派三宗之一，「洛中八俊」之「＿＿＿＿＿」。其詩詞風格以金兵入侵中原為界，前期詩詞雋永秀麗、形象鮮明、清新明快，後期詩詞雄渾沉鬱、意境深遠、感時傷事，成為宋代詩人中學習杜甫詩風最有成就的詩人之一。

A. 詩俊　B. 詞俊　C. 畫俊　D. 賦俊

===== 廿三 =====

臨江仙·夜登小閣憶洛中舊遊

[南宋] 陳與義

憶昔午橋①橋上飲，坐中②多是豪英③。長溝流月④去無聲。杏花疏影⑤裡，吹笛到天明。

二十餘年如一夢，此身雖在堪驚⑥。閒登小閣看新晴⑦。古今多少事，漁唱⑧起三更。

📖 注釋

①午橋：在洛陽南面。

②坐中：在一起喝酒的。

③豪英：形容才能出眾的傑出人物。

④長溝流月：月光隨著流水消逝。

⑤疏影：稀疏的影子。

⑥堪驚：總是膽顫心驚。

⑦新晴：新雨初晴。

⑧漁唱：打魚人編的歌曲。

📖 譯文

回憶起年輕時在午橋橋上酣飲，在一起的大多是才能出眾的人物。月亮倒映在河面隨著水流靜靜地消失。我們對著杏花清影徹夜吹笛。

這二十餘年就如同一場大夢，此身雖存但總是心驚。閒暇時登上閣樓看雨後初晴景色。感嘆古往今來多少大事，夜半時聽見漁者歌聲。

📖 賞析

　　詞人被迫南渡後，在南宋都城臨安，回想起青壯年時在洛陽與友人詩酒交遊的情景，二十年前還是天下太平無事，可以有遊賞之樂，不禁感嘆今昔巨變，頓生無限國事滄桑、知交零落之感。

　　上闋憶往昔崢嶸歲月。用「憶」字開篇，簡潔明瞭，回想往昔在午橋橋上宴飲，在一起喝酒的人大多是英雄豪傑。「午橋」既是唐憲宗時宰相裴度辭官隱退之地，又是北宋名臣張齊賢歸家養老之地，還是白居易、劉禹錫吟詩唱和、舉杯相歡的地方。「長溝流月去無聲，杏花疏影裡，吹笛到天明。」白天和朋友們在午橋暢飲，晚上圍坐在杏樹底下盡情地吹著悠揚的笛子，一直玩到天明，竟然不知道碧空的月光隨著流水靜悄悄地消失了。「流月」、「杏花」、「吹笛」組成一幅恬靜、清婉、奇麗的畫面，極富有空間感。

　　下闋嘆如今百感交集。「二十餘年如一夢，此身雖在堪驚」只就自己說，言外有多少人艱難生存及故人離世之意，概括了這段時間國家和個人遭遇的劇烈變化。末三句表達在百無聊賴中登上閣樓，觀看新雨初晴的景緻，想起古往今來多少歷史事件，夜不能寐。「漁唱起三更」慷慨明快，點綴夜登小閣本題，進一步表達心中愁緒多，以至於能夠於半夜時分聽見漁者在歌唱。

📖 **拓展** ··

　　陳與義曾祖陳希亮與蘇洵為同鄉，在任鳳翔府知府期間又是蘇軾的直屬上司，為官清廉，品德高尚，蘇軾曾作《陳公弼傳》。陳希亮還是一位橋梁專家，在宿州任職時，創造了「飛橋」的造橋的方法，當時開封都模仿這種造橋方法，建起了《清明上河圖》中所見的一座座飛橋。陳與義博學多才，考中進士後，入京做了太學博士，被宋徽宗賞識，南渡後宋高宗授予其_____之職，北宋的范仲淹、歐陽修、王安石、寇準都曾任過此職。

　　A. 宰相　　B. 參知政事　　C. 樞密使　　D. 御史中丞

══ 廿四 ══

書憤

[南宋] 陸游

早歲那①知世事艱，中原北望氣如山。
樓船②夜雪瓜洲③渡，鐵馬④秋風大散關⑤。
塞上長城⑥空自許，鏡中衰鬢⑦已先斑。
出師一表⑧真名世⑨，千載誰堪伯仲⑩間！

📖 注釋

①那：同「哪」。②樓船：有樓層的大船，古代作戰時常用於水路運輸。此處指采石之戰中宋軍使用的車船。③瓜洲：在今揚州市南部長江邊。④鐵馬：披著鐵甲的戰馬。⑤大散關：關名，在今陝西省寶雞市西南，是當時宋金的西部邊界。⑥塞上長城：比喻能守邊的將領。⑦衰鬢：鬢髮疏白。此處指暮年。⑧出師一表：諸葛亮出兵伐魏前作《出師表》。⑨名世：名顯於世。⑩伯仲：兄弟之間的老大和老二。此處指不相上下。

📖 譯文

年輕時哪裡知道世事如此艱難，北望中原，收復故土的豪邁氣概堅定如山。

記得雪夜裡在瓜洲的樓船戰艦，痛擊金兵，在秋風中騎著戰馬收復大散關。

曾經以為自己像長城護衛國土，攬鏡自照，如今鬢髮稀疏變白人已到暮年。

諸葛亮出師表真可謂名顯於世，千年以來，有誰能與諸葛亮相比北定中原！

📖 賞析

首聯既是對時世艱難的感慨，又有對自己當年抗金復國壯心豪氣的袒露。首先，從宏觀上概括自己一生的遭遇。陸游早

年聰慧過人,科舉考試考取第一,因秦檜的孫子秦塤位居陸游名下,秦檜指示主考官不得錄取陸游,從此陸游仕途不暢。但他深受愛國主義教育影響,一心一意收復故土,決心收復失地的壯志雄心「氣如山」。

領聯透過親歷兩次難以忘懷的抵抗金兵戰鬥,流露出抗金復國的壯志豪情。「瓜洲渡」指西元一一六四年,陸游任鎮江通判,勸說支持張浚用兵,準備北伐之事。「大散關」指西元一一七二年,陸游做王炎幕僚,曾籌劃恢復中原大計,領軍隊強渡渭水,策馬直驅大散關前線與金人作戰。

頸聯感嘆時不再來,世事磨人,壯志難酬,有痛心疾首之情。陸游不但是詩人,還是策略家,可惜一身才華不得施展。自詡「塞上長城」,駐守邊關,捨我其誰?然而用一個「空」字,是攬鏡自照時,發現自己衰鬢斑白,壯志未酬,人已到暮年。

尾聯透過諸葛亮出師北伐的典故,追慕先賢的業績,表明自己的愛國熱情至死不渝。西元二二七年,諸葛亮在決定北伐之前給後主劉禪上書《出師表》,到陸游作此詩時已近千年。詩人用典意在貶斥那些朝野上下主降的碌碌小人,表明自己恢復中原之志亦將名傳後世。

📖 拓展

陸游出生在父母沿淮河進京的舟上,故名陸游。其祖父陸佃,師從王安石,精通經學,父親陸宰,精通詩文。陸游直到

秦檜病逝後才得以入仕途，屢遭主和派排斥，鬱鬱不得志，晚年官至寶章閣待制，主持編修孝宗、光宗《兩朝實錄》和《三朝史》，完成後罷官回鄉，長期蟄居＿＿＿＿＿故里，直至病逝。

A. 東陽　B. 汴京　C. 山陰　D. 蜀州

＝＝＝ 廿五 ＝＝＝

破陣子・為陳同甫①賦壯詞以寄之

［南宋］辛棄疾

醉裡挑燈②看劍，夢迴吹角連營③。八百里④分麾下⑤炙，五十弦⑥翻塞外聲，沙場⑦秋點兵⑧。

馬作的盧⑨飛快，弓如霹靂弦驚。了卻君王天下事⑩，贏得生前身後名。可憐白髮生！

📖 注釋

①陳同甫：陳亮，與辛棄疾為摯友。②挑燈：把燈芯挑亮。③吹角連營：各個軍營裡接連不斷地響起號角聲。④八百里：指牛。⑤麾（ㄏㄨㄟ）下：本指旗下，借指將帥的部屬。⑥五十弦：傳說古瑟為五十弦，此處泛指軍中樂器。⑦沙場：戰場。⑧秋點兵：古代點兵用武，多在秋天檢閱軍隊。⑨的（ㄉㄧˋ）盧：良馬名，因三國時期劉備的坐騎而成名。⑩君王天下事：此處指收復北方失地的國家大事。

📖 譯文

醉夢裡把燈芯挑亮，觀看寶劍，夢中回到不斷響起號角聲的軍營。把肉食分給部下享用，讓樂隊演奏邊塞曲，我在戰場上閱兵。

戰馬像的盧那樣跑得飛快，箭出弓弦聲如震雷。我一心想替君主完成收復失地的大業，以取得生前死後美名。可憐已是白髮人了！

📖 賞析

辛棄疾從淪陷區領兵抗金，懷著捐軀報國的志願投奔南宋，但因他是「外來人」，一直得不到朝廷重用，晚年只能過著村居生活。但他從未放下對家國的牽掛，希望能完成收復國家失地的大業，連夢裡都是自己在外禦敵，可惜一覺醒來，發現自己已是白髮蒼蒼。

上闋表達了詞人殺敵報國，恢復祖國山河，建立功名的壯烈情懷。詞人在醉後「挑燈看劍」，說明即使在醉酒之際也不忘抗敵。詞人剛一入睡，方才所想的一切又幻為夢境，軍營裡響起一片號角聲，這號角聲，富有催人勇往直前的力量。「八百里分麾下炙」是一個倒裝句，正常的順序為「分麾下八百里炙」，意為分給部下烤牛肉，以犒勞出征的士卒。點兵出征，則預示戰爭的殘酷。

　　下闋寫出了現實與理想的矛盾和詞人空懷一腔報國之志的悲憤之情。「馬作的盧飛快」只是在理想中率領鐵騎，快馬加鞭，神速奔赴前線。「弓如霹靂弦驚」也是一個倒裝句，正常的順序為「弓弦如霹靂驚」，意為弓弦放箭的響聲如雷鳴般，使人膽顫心驚。然而以上所寫，只不過是詞人自己的理想而已。本想抗金報國，收復中原，統一國家，建功立業，「可憐白髮生」，收復失地的理想終究成為泡影。辛棄疾與陳亮因為共同的抗金理想而成為摯友，這首詞既是寫給陳亮的，也是兩人共勉的。

📖 拓展

　　詩中「八百里分麾下炙」的「八百里」並不是距離的概念，原意指牛，出自中國最早的一部文言志人小說集＿＿＿＿＿的記載：「晉王愷有良牛，名『八百里駁』」，後世詩詞中多以「八百里」指牛。

　　A.《楚辭》　B.《世說新語》　C.《山海經》　D.《上林賦》

═══ 廿六 ═══

菩薩蠻・書江西造口①壁

[南宋]辛棄疾

　　鬱孤臺②下清江③水，中間多少行人淚。西北望長安④，可憐無數山。

青山遮不住，畢竟東流去。江晚正愁餘⑤，山深聞鷓鴣⑥。

📖 注釋

①造口：在今江西省吉安市萬安縣。②鬱孤臺：又稱「望闕臺」，建於唐代。位於今江西省贛州市。③清江：贛江與袁江合流處，舊稱清江。④長安：漢、唐舊都。代指宋都汴京。⑤愁餘：即《楚辭·九歌·湘夫人》中「目眇眇兮愁予」假借，使我發愁。⑥鷓（ㄓㄜˋ）鴣（ㄍㄨ）：一種常見候鳥。生活在上有稀疏樹木遮頂，下有落葉的環境。

📖 譯文

鬱孤臺下這條清江水，注入了多少遠行人的眼淚。

朝西北方向眺望故都，可惜中間被道道山巒阻隔。

畢竟青山遮不住流水，江水還是要向東奔流而去。

江上暮色更使我發愁，又聽到深山裡鷓鴣的叫聲。

📖 賞析

南宋高宗建炎三年（西元一一二九年），金兵分兩路南侵，其中一路緊追隆裕太後，直至江西贛州造口，民眾深受金兵之害。後期辛棄疾在贛州任職，對此事常有感懷，在造口一面牆上題寫下了這首詞。詞中從懷念往事寫到現實，抒發對國事艱危的沉痛追懷，對失去國土的深情思念，為南宋愛國精神之絕唱。

「鬱孤臺下清江水」是實景,「鬱孤臺」三字恰好渲染出鬱鬱蔥蔥、孤獨聳立之感。從「江西造口」到今贛州市的「鬱孤臺」直線距離約七十公里,一條贛江蜿蜒而過。「中間多少行人淚」是虛寫,點出國恥家恨未雪,無疑這一江行人淚中,也有詞人之淚。三、四句將滿懷之悲憤化為「西北望長安,可憐無數山。」長安為漢、唐舊都,詞中暗指南宋時期的汴京。「可憐」一詞抒發了詞人對祖國大好河山淪喪的痛惜,以及渴望收復中原失地但壯志難酬的悲憤。

「青山遮不住,畢竟東流去」中「畢竟」二字深沉有力,無數「青山」雖然可遮住故都,但終究遮不住清江之水向東流去。江水衝破重重阻礙,奔騰向前,這既是眼前實景,又是暗喻。結尾兩句則直接表露詞人的心跡,「愁」是國破家亡之愁,是憂國憂民之愁,用「愁餘」表達了詞人對中原未能收復的沉鬱心情,用「山深」渲染了沉鬱淒迷的氛圍。「鷓鴣」兩字則更有深意,因古人說牠的叫聲像說「行不得也哥哥」,暗指時勢艱難。

📖 拓展

「西北望長安,可憐無數山」此處的「長安」指汴京,西北望猶言直北望。北宋畫家張擇端的作品《清明上河圖》,形象地描繪了清明時節北宋都城汴河兩岸繁華熱鬧的景象和優美的自然風光。

A. 陳橋兵變　　B. 慶曆新政　　C. 熙寧變法　　D. 北宋滅亡

═══ 廿七 ═══

南鄉子·登京口北固亭①有懷

[南宋]辛棄疾

何處望神州②？滿眼風光北固樓③。千古興亡多少事？悠悠④。不盡長江滾滾流。

年少萬兜鍪⑤，坐斷⑥東南戰未休。天下英雄誰敵手⑦？曹劉⑧。生子當如孫仲謀⑨。

📖 **注釋**

①京口北固亭：在今江蘇省鎮江市北固山上。②神州：中原地區。③北固樓：即北固亭。④悠悠：形容漫長、久遠。⑤兜（ㄉㄡ）鍪（ㄇㄡˊ）：原指古代作戰時兵士所戴的頭盔，此處指士兵。⑥坐斷：坐鎮，占據，割據。⑦敵手：能力相當的對手。⑧曹劉：曹操與劉備。⑨生子當如孫仲謀：建安十八年（西元二一三年），曹操與孫權在濡須口相持一月有餘，曹操見孫權軍隊軍容整肅，而嘆「生子當如孫仲謀。」

📖 **譯文**

哪裡可以望見中原呢？北固樓上滿眼都是美好的風光。從古到今有多少國家興亡的事呢？年代漫長而久遠。猶如這滾滾東流的長江水。

當年年少的孫權已率領數萬士兵，占據江東與對手戰鬥不止。天下英雄誰能是他的對手？只有曹操和劉備。難怪說「生子當如孫仲謀。」

📖 賞析

鎮江在歷史上曾是很多英雄建功立業之地，詞人登臨北固亭時，觸景生情，不勝感慨。透過對三國英雄人物的歌頌，諷刺南宋統治者的昏庸無能。

首句一問，感嘆雄壯，意境高遠。站在長江之濱的北固樓上，詞人並無興致欣賞風光，首先想到的是哪裡可以看到中原，這個「神州」是他想要收復的中原失地。緊接著第二問，互相呼應，抑揚頓挫。「千古興亡多少事」，沒有一件不在變與不變的相對運動中流逝，歷史上無數的人事興亡浮沉，國家和王朝的更替，似乎就和東去的江水一般，永遠不會停歇。這裡的「悠悠」一語雙關，既指時間之漫長久遠，又指詞人思緒之綿長紛亂，憂愁之事，千絲萬縷。在對時、空、人、事之間的感悟中，別有一番滋味在心頭。

下闋借憑弔千古英雄之名，抒發對當今南宋朝廷苟且偷安現狀的不滿情緒。三國時期吳國的形勢與南宋極為相似，但孫權能「年少萬兜鍪」，雄居東南，奮發自強，不畏強敵，戰鬥不息，反觀南宋統治者在金兵的侵略面前不敢抵抗、昏庸無能。「天下英雄誰敵手？」這是第三次發問，感情強烈，振聾發聵，

以提醒人們注意曹操、劉備、孫權三人，論智勇才略，孫權未必在「曹劉」之上，然而孫權這種不畏強敵的精神，令曹操都不得不感嘆：「生子當如孫仲謀。」

📖 拓展

辛棄疾的詞現存六百多首，大都基調昂揚，熱情奔放。辛棄疾還是南宋愛國將領，因出生於金人占領區的濟南，二十一歲的辛棄疾不堪金人的統治和壓榨，聚集兩千人奮起反抗，參加了由＿＿＿＿領導的起義軍，並屢獲戰功，使他名重一時，令宋高宗「一見三嘆息」。

A. 宗澤　B. 韓世忠　C. 耿京　D. 張邦昌

═══ 廿八 ═══

永遇樂・京口北固亭①懷古

[南宋] 辛棄疾

千古江山，英雄無覓孫仲謀處。舞榭歌臺②，風流總被雨打風吹去。斜陽草樹，尋常③巷陌，人道寄奴④曾住。想當年，金戈鐵馬⑤，氣吞萬里如虎。

元嘉⑥草草⑦，封狼居胥⑧，贏得⑨倉皇北顧。四十三年⑩，望中猶記，烽火揚州路。可堪回首，佛貍祠下，一片神鴉社鼓。憑誰問：廉頗老矣，尚能飯否？

📖 注釋

①京口北固亭：今江蘇省鎮江市北固亭。②舞榭歌臺：演出歌舞的地方，指孫權故宮。③尋常：八尺為尋，倍尋為常，形容窄狹。④寄奴：指南朝宋武帝劉裕。⑤金戈鐵馬：指精銳部隊。⑥元嘉：宋文帝劉義隆年號。當時兵抵長江遭到重創而返。⑦草草：輕率。⑧封狼居胥：指霍去病徵匈奴，封狼居胥山而還，創不朽戰功。⑨贏得：落得。⑩四十三年：指作者從北方抗金南歸已四十三年。路：宋行政區劃。佛（ㄅㄧˋ）狸祠：指北魏太武帝行宮。神鴉社鼓：廟裡吃祭品的烏鴉和祭祀時的鼓聲。

📖 譯文

歷經千古的江山，再也找不到像孫權那樣的英雄。舞榭歌臺還在，當年的風流人物已隨雨打風吹而去。夕陽斜照長滿草樹的狹長小巷，人們說那是劉裕曾住過的地方。想當年，他指揮著精銳的部隊，征戰萬里氣勢如猛虎。

劉義隆元嘉年間草率北伐，想立不朽戰功，結果落得倉皇逃命。我南歸已經四十三年了，瞭望中原還記得揚州戰火連天的情景。往事不堪回首，拓跋燾的行宮下，一群烏鴉和社鼓喧鬧。誰會問，廉頗已老，飯量還好嗎？

📖 賞析

上闋懷古抒情，感慨歷經千古的江山，再也難找到像孫權那樣的英雄。第一個出場人物是「孫仲謀」，他有雄圖大略，割據江東，北拒曹操，是叱吒風雲的英雄人物。第二個出場人物是劉裕，他力挽狂瀾，對內平定內亂，消滅割據勢力，對外收復中原，光復洛陽、長安兩都。寫孫權，先想到他的功業再尋覓他的遺蹟；寫劉裕，則由他的遺蹟再聯想起他的功業。表達了詞人對他們的無限景仰之情。

下闋感慨嘆息，影射現實壯志難酬。「元嘉草草」三句，用南朝時期劉宋劉義隆好大喜功，草率北伐，不但無功而返，而且讓拓跋燾抓住機會痛擊，只得「倉皇北顧」。辛棄疾從北方起義抗金來到南宋朝廷已經四十三年了，至今仍然記得揚州地區烽火連天的戰亂場景。如今主和派得勢，朝廷苟且偷安，「烽火」何止「揚州路」啊。「可堪回首」三句，以古喻今，拓跋燾當年的行宮外是一幅迎神賽會的生活畫面，人們只把這裡當作一座神祇來供奉，而不知道這裡曾是一個皇帝的行宮，更不會把一千年前的入侵者和當前的金人入侵連繫起來。自己雖然年老，但和廉頗一樣，老當益壯，只是壯志卻不能實現。

📖 拓展

這首詞用典較多，「廉頗老矣，尚能飯否」典故出自_____記載。趙王想再用廉頗，派人去看他的身體情況，廉頗見到使者大

喜，食米飯一斗、肉十斤，被甲上馬，以示尚可用。哪想到仇人賄賂了使者，使者回來報告趙王說：「廉頗將軍雖老，尚善飯，然與臣坐，頃之三遺矢矣。」趙王以為廉頗已老，遂不用。

A.《漢書》　B.《史記》　C.《後漢書》　D.《資治通鑑》

廿九

過零丁洋①

[南宋] 文天祥

辛苦遭逢②起一經③，干戈④寥落⑤四周星⑥。
山河破碎風飄絮，身世浮沉雨打萍。
惶恐灘⑦頭說惶恐，零丁洋裡嘆零丁⑧。
人生自古誰無死？留取丹心⑨照汗青⑩。

📖 注釋

①零丁洋：即伶仃洋，在今廣東省珠江口外。②遭逢：遇到朝廷選拔。③起一經：因為精通一種經書，透過科舉考試而被朝廷起用。④干戈：古代常用兵器。借指戰爭。⑤寥（ㄌㄧㄠˊ）落：稀疏，稀少，冷清。⑥四周星：四週年。文天祥從西元一二七五年起兵抗元，到西元一二七八年被俘，共四年。⑦惶恐灘：灘名。在今江西省萬安縣內。⑧零丁：孤苦無依的樣子。

⑨丹心：忠誠之心。⑩汗青：一種古代製作竹簡的程序。借指史冊。

📖 譯文

早年苦學經書遇到朝廷選拔，在戰火寥落中已過了整整四年。

國家如風中的柳絮危在旦夕，個人坎坷波折好似雨打的浮萍。

惶恐灘的慘敗至今依然心驚，零丁洋兵敗被俘可嘆零丁孤獨。

自古以來人生在世誰無一死？要留下這顆忠誠之心映照史冊。

📖 賞析

西元一二七八年，文天祥在今廣東海豐兵敗被俘，被押解到船上途經零丁洋時作此詩。自敘生平，思今憶昔，表達心志，英勇無畏。

首聯寫個人的仕途經歷和抗敵歷程，突出生平的艱辛，命運的多舛。「起一經」是指文天祥二十歲以「法天不息」為題議論策對，沒有草稿，一萬多字，一氣呵成，理宗覽後，親自選拔他為進士第一。「四周星」即文天祥從率軍到苦戰被俘已經四

年。這兩句詩，講兩件事，實質上都是為國忠義。

領聯將國家局勢與個人命運交織在一起，沉痛述說國破家亡的痛苦。先說國家「山河破碎」，詩人寫此詩時南宋全境已納入元朝版圖，「風飄絮」十分形象；後說自己身世，家人被俘，大兒身亡，真像水上浮萍，無依無靠，景象淒涼。

頸聯繼續追述今昔不同的處境和心情。詩人想到此前兵敗江西，從惶恐灘頭撤離的情景，那險惡的激流，嚴峻的形勢，至今還讓人惶恐心驚；想到去年五嶺坡全軍覆沒，身陷敵手，如今在浩瀚的零丁洋中，只能悲嘆自己的孤苦伶仃。尾聯化悲憤終為高亢，表現了詩人的錚錚鐵骨、耿耿忠心、堅守本心、問心無愧。此兩句以磅礴的氣勢收斂全篇，寫出了寧死不屈的壯烈誓詞，冠絕古今，蕩氣迴腸。

📖 拓展

文天祥被押至潮陽，見元朝初年大將張弘範時，張弘範要他寫信招降宋末抗元名將_____。文天祥說：「我不能保衛父母，還教別人叛離父母，可以嗎？」因多次強迫索要書信，文天祥最後創作了《過零丁洋》。崖山海戰後，宋朝滅亡。

A. 陸秀夫　B. 張世傑　C. 呂文德　D. 呂文煥

═══ 三十 ═══

念奴嬌・赤壁懷古

［北宋］蘇軾

大江東去，浪淘盡，千古風流人物。故壘①西邊，人道是，三國周郎②赤壁。亂石穿空，驚濤拍岸，捲起千堆雪③。江山如畫，一時多少豪傑。

遙想公瑾當年，小喬④初嫁了，雄姿英發⑤。羽扇綸巾⑥，談笑間，檣櫓⑦灰飛煙滅。故國⑧神遊⑨，多情應笑我，早生華髮⑩。人生如夢，一尊還酹江月。

📖 注釋

①故壘：過去遺留下來的營壘。②周郎：周瑜，字公瑾。③雪：比喻浪花。李煜《漁父詞》有「浪花有意千重雪」。④小喬：周瑜之妻。⑤英發：談吐不凡，見識卓越。⑥羽扇綸（ㄍㄨㄢ）巾：絲帛做的便巾，古代儒者的裝束，形容姿態瀟灑。⑦檣（ㄑㄧㄤˊ）櫓（ㄌㄨˇ）：掛帆的桅桿和搖船的槳。此處指曹操的水軍戰船。⑧故國：指當年的赤壁戰場。⑨神遊：於想像中遊歷。⑩華髮：花白的頭髮。一尊還（ㄏㄨㄢˊ）酹（ㄌㄟˋ）江月：把酒酬月之意。尊同「樽」，此處指酒杯，酹是將酒灑在地上，表示憑弔。

📖 譯文

大江浩浩蕩蕩向東流去，巨浪淘盡千古英雄人物。人們說那舊營壘的西邊是三國周瑜破曹軍的赤壁。那兩岸懸崖陡峭入雲，驚濤駭浪猛烈地拍打著岸邊，捲起浪花彷彿千堆雪。雄壯的江山如美麗的畫卷，一時間湧現出多少英雄豪傑。

想當年周公瑾，小喬剛嫁給他，那時英姿煥發。他手搖羽扇，頭戴綸巾，從容瀟灑，在說笑閒談間，曹軍已灰飛煙滅。如今我神遊當年古戰場，應笑我多愁善感，過早地長出滿頭白髮。人生如一場夢，舉起酒杯奠祭這江上明月吧。

📖 賞析

此詞上闋寫景，為英雄人物出場做鋪墊。開篇從滾滾東流的長江著筆，隨即用「浪淘盡」把傾注不盡的大江與名高累世的歷史人物連繫起來，將讀者帶入一個極為廣闊而悠久的時空背景。作者所遊的赤壁在黃州城外，也稱「赤鼻磯」，與三國時赤壁之戰的「赤壁」不同，故著「人道是」三字，見得當時人有這樣的說法。接著又從「亂石穿空，驚濤拍岸，捲起千堆雪」的角度把讀者帶進一個奔馬轟雷、驚心動魄的奇險境界，使人心胸為之開闊，精神為之振奮。

下闋懷古。著意渲染詞的浪漫氣氛，烘托年輕有為，雄姿英發的周郎形象，表明他雖為武將，卻有文士的風度。「談笑

間，檣櫓灰飛煙滅」字字千斤，力透紙背，就將曹軍的慘敗情景形容殆盡。「多情應笑我，早生華髮」是轉入對個人身世的感慨，蘇軾被貶黃州，心中無盡的憂愁無從說起，感嘆人生如夢，舉起這杯酒，奠祭這萬古不變的明月吧。《念奴嬌》後來一名《酹江月》，又名《大江東去》，即從此詞最後一句摘出。

📖 拓展

這首《赤壁懷古》氣象磅礴，格調雄渾，高唱入雲，其境界之宏大，是前所未有的。此前蘇軾因「烏臺詩案」被貶黃州，即今＿＿＿＿。在黃州期間，蘇軾的人生追求、人格精神得到了昇華，創作能力達到了輝煌時期。

A. 湖北黃石　B. 湖北黃岡　C. 河北黃驊　D. 安徽黃山

臘月

=== 初一 ===

贈從弟（其二）

[東漢] 劉楨

亭亭^①山上松，瑟瑟^②谷中風。

風聲一何^③盛，松枝一何勁！

冰霜正慘淒^④，終歲常端正。

豈不罹^⑤凝寒^⑥？松柏有本性。

📖 **注釋**

①亭亭：挺拔的樣子。②瑟瑟：形容風聲。③一何：多麼。
④慘淒：悲慘淒涼。⑤罹（ㄌㄧˊ）：遭遇，遭受。⑥凝寒：嚴寒。

📖 **譯文**

山上松樹挺拔聳立，迎著山谷中瑟瑟狂風。

風聲是如此的猛烈，而松枝是多麼的剛勁！

滿天冰霜悲慘淒涼，松樹卻終年端正挺直。

難道沒有遭受嚴寒？其實這是松柏的本性。

📖 賞析

松柏自古以來為人們所稱頌，松柏象徵著堅忍、頑強，顯示高風亮節的氣節。此外，它還象徵著奉獻精神，更兼有堅貞不屈、挺直高潔、不畏艱難的精神。劉楨從小飽受儒家教育，五歲能讀，八歲能誦，深知做人要耿性忠直。詩人以松柏託物言志，勉勵他的從弟要堅貞自守，不受外力壓迫而改變，即使處於亂世也要有堅定的人格追求。

詩人開筆便展現山上亭亭聳立的青松，顯露出一種雄偉氣象。山谷裡「瑟瑟」狂風終年怒吼，加以烘托，寫得極有聲勢。後兩句描寫松柏與寒風在對立中所展現的情狀，突出了松柏的可貴品格。為進一步渲染橫掃山谷的狂風，詩人在「風聲一何盛，松枝一何勁！」用了兩個「一何」，第一個「一何」突出了谷中風的迅疾凶猛，第二個「一何」突出松柏的雄健挺拔。

感嘆完山谷勁風橫掃萬木之後，用「冰霜」的欺凌，進一步表現松柏傲雪挺拔。繼承孔子的「歲寒然後知松柏之後凋也」的思想，表現松柏的氣節。「冰霜正慘淒，終歲常端正」前一個「正」字告訴人們，此刻正是滴水成冰、萬木凋零的淒寒嚴冬，後一個「正」字告訴人們，再看松柏依舊端然挺立、正氣凜然。

全詩借挺立風中而不倒，歷經嚴寒而不凋的松柏自喻高潔、堅貞的情懷，在自勉中也以此勉勵他的從弟能做一個堅強不屈的人。

📖 **拓展** ┄┄┄┄┄┄┄┄┄┄┄┄┄┄┄┄┄┄┄┄┄┄┄┄┄┄┄┄┄┄┄┄┄┄┄┄┄┄

劉楨是東漢文學家，建安七子之一，博學多才，是一位有骨氣、正氣且負有盛名的文士。其《贈從弟三首》就帶有這樣的氣骨。三首詩中運用多種比興手法，分別詠三物_____，以其高潔、堅貞的品性，遠大的胸懷抱負，激勵從弟，並以自勉。

A. 蘋藻、松柏、鳳凰　B. 梅花、松柏、青竹　C. 蘭花、松柏、青竹

D. 梅花、松柏、菊花

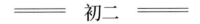

初二

龜雖壽①

[東漢] 曹操

神龜雖壽，猶有竟時②。騰蛇③乘霧，終為土灰。

老驥④伏櫪⑤，志在千里。烈士⑥暮年⑦，壯心不已⑧。

盈縮⑨之期，不但⑩在天；養怡之福，可得永年。

幸甚至哉，歌以詠志。

📖 注釋

①龜雖壽：此詩是曹操用樂府舊題創作的組詩《步出夏門行》中的第四篇，原本無題目，詩題是後人從詩歌的開頭取三字而來。②竟時：終結的時候。此處指死亡。③騰蛇：傳說一種會騰雲駕霧的蛇。一作「螣（ㄊㄥˊ）蛇」。④驥（ㄐㄧˋ）：良馬，千里馬。⑤櫪（ㄌㄧˋ）：馬槽。⑥烈士：有遠大抱負的人有壯志的人。⑦暮年：晚年。⑧已：停止。⑨盈縮：滿和虧。此處指人的壽命長短。⑩但：僅，只。怡：愉快、快樂。幸甚至哉，歌以詠志：樂府詩的一種結尾形式，與詩文無關聯。

📖 譯文

雖然神龜長壽，但也有死亡的時候。儘管騰蛇能騰雲乘霧，但終究也會化為土灰。千里馬年老伏在馬槽旁，壯志仍是馳騁千里。有遠大抱負的人即便到了晚年，雄心也不會停止。人的壽命長短，不只是由上天決定的。身心快樂，可以延年益壽。我很高興，就用這首詩歌來表達志向吧。

📖 賞析

這是一首詩人對生活充滿真切體驗的哲理詩。曹操自比一匹上了年紀的千里馬，雖然體衰，但胸中仍然激盪著馳騁千里的豪情壯志，表現了其老當益壯、積極進取的人生態度。

「神龜雖壽，猶有竟時。騰蛇乘霧，終為土灰」讀起來就有

一股豪邁的氣概，「猶有」和「終為」兩個片語合起來鏗鏘有力，透露死亡是不可違背的自然規律，自強不息才是一個人最有魅力的底色。

「老驥伏櫪，志在千里。烈士暮年，壯心不已」抒發了詩人不甘年老、不信天命、奮鬥不息、鬥志昂揚的豪情壯志，更表達了人生短暫，要有永不停止的理想追求和積極進取的精神。

「盈縮之期，不但在天；養怡之福，可得永年」展現了真摯的生活哲理，人壽命的長短不完全決定於天，要想獲得永年，就應調節「養怡之福」，「養怡」不僅可以獲取知識，更可以從中得到樂趣，從而提高生活品質。

在寫這首詩時，曹操已經到了老年，不僅字裡行間的英雄氣概絲毫不減當年，還增添了青年時期沒有的智慧與超然。全詩充溢著豪邁曠達的力量，藝術風格樸實無華，格調高遠，慷慨激昂，顯示出詩人自強不息的進取精神，熱愛生活的樂觀精神。

📖 拓展

北宋文學家蘇洵有評價：「吾嘗論_____有取天下之才，而無取天下之慮；_____有取天下之慮，而無取天下之量；_____有取天下之量，而無取天下之才。」

A. 項羽曹操劉備　B. 劉備曹操孫權　C. 曹操孫權劉備　D. 項羽曹操劉邦

═══ 初三 ═══

短歌行（節選）

[東漢]曹操

對酒當歌①，人生幾何②！譬如朝露，去日苦多③。

慨當以慷④，憂思難忘。何以解憂？唯有杜康⑤。

青青子衿⑥，悠悠我心。但為君故，沉吟⑦至今。

呦呦⑧鹿鳴，食野之苹。我有嘉賓，鼓瑟吹笙⑨。

📖 注釋

①對酒當歌：面對著酒與歌，即飲酒聽歌。②幾何：多少。③去日苦多：指可悲的是逝去的日子太多了。④慨當以慷：即「慷慨」，指宴會上的歌聲激昂慷慨。⑤杜康：相傳是最早造酒的人，此處指飲酒。⑥青青子衿：是周代讀書人的服裝，指代有學識的人。子衿：你的衣領。⑦沉吟：沉思吟味，指對賢人的思念和傾慕。⑧呦（ーㄡ）呦：鹿鳴的聲音。⑨鼓瑟吹笙（ㄕㄥ）：奏瑟和吹笙。表達對客人的尊重。

📖 譯文

一邊喝酒一邊高歌，人生能有多少歲月。如同晨露轉瞬消失，光陰易逝。

宴會歌聲激昂慷慨，憂愁還是難以忘懷。靠什麼排解憂悶

呢？唯有飲酒。

　　那些有學識的人才，令我朝思暮想。只是因為您的緣故，讓我思念至今。

　　鹿群呦呦歡鳴，食著原野艾蒿。一旦四方嘉賓光臨，宴會上將奏瑟吹笙。

📖 **賞析** ···

　　曹操透過一次宴會上沉穩頓挫的歌唱，抒發了求賢若渴的情感和統一天下的雄心壯志。「長歌」、「短歌」是指歌詞音節長短而言，「行」是古代詩歌的一種體裁，這首《短歌行》實際上就是一曲「求賢歌」，運用詩歌的形式造成獨特的感染作用，有力地宣傳了他所堅持的主張和頒發的政令。

　　開頭八句，曹操強調他感慨人生歲月蹉跎，苦於無人來同他合作，只能靠豪飲美酒排解憂悶，其實是渴望建功立業，力圖改變亂世局面，因而發出人生苦短的憂嘆。

　　接著八句意味則更加纏綿深長，顯示出尊重賢才應有的態度。首先，「青青子衿，悠悠我心」二句原來是寫一個姑娘在思念她的愛人，此處比喻對「賢才」的渴望，曹操放低姿態的同時也用這種含蓄的方法提醒賢才：「就算我沒有去找你們，你們為什麼不主動來投奔我呢？」其次，「我有嘉賓，鼓瑟吹笙」描寫賓主歡宴的情景，意思是只要你們到我這裡來，我是一定會待以最

高的嘉賓之禮，我們是能夠歡快融洽地相處並合作的。歌中寄希望四方賢才都歸於自己帳下，希望有大量人才能為自己所用。

《短歌行》內容深厚，莊重典雅，感情充沛，寓情於理，情深意切，為曹操的代表名作之一。它更是政治性很強的詩作，是為曹操當時所實行的政治路線和政治策略服務的。

📖 拓展

曹操是東漢末年傑出的政治家、軍事家、文學家、書法家。他精兵法，善詩歌，詩文氣魄雄偉，氣宇軒昂，慷慨悲涼。赤壁之戰後，劉備占據了荊州，孫權力量日益壯大，三國鼎立局面基本形成。曹操要實現統一天下的理想，阻力非常大，曹操曾先後三次下達過求賢令。

A. 西元二〇五至二一〇年　B. 西元二一〇至二一八年
C. 西元二一五至二一八年　D. 西元二一八至二二八年

═══ 初四 ═══

七步詩

[東漢] 曹植

煮豆持①作羹②，漉③菽④以為汁。

萁⑤在釜⑥下燃，豆在釜中泣。

本自同根生，相煎⑦何太急？

📖 注釋

①持：用來。②羹（ㄍㄥ）：用蒸煮等方法做成的糊狀食物。③漉（ㄌㄨˋ）：液體慢慢地滲下，濾過。④菽（ㄕㄨˊ）：豆的總稱，這裡指豆子殘渣。⑤其（ㄐㄧ）：豆莖。⑥釜（ㄈㄨˇ）：一種器物，是現代鍋的前身。⑦相煎：煎熬，折磨。

📖 譯文

煮豆子來做豆羹，把殘渣過濾出去做成豆汁。

豆莖在鍋下燃燒，豆子卻在鍋裡不停地哭泣。

本是一條根所生，為什麼要急著自相煎熬呢？

📖 賞析

曹植，字子建，是曹操的第三個兒子，與曹丕是同胞兄弟。他從小就非常聰慧，十歲便博覽群書，深受其父喜愛。儘管他出身於軍閥世家，可他並不留戀於權力，反而醉心於文學，南北朝時期詩人謝靈運用「才高八斗」來形容曹植。這首《七步詩》以其貼切而生動的比喻，明白而深刻的寓意，贏得了世人千百年來的傳誦和讚賞。

「煮豆持作羹，漉菽以為汁」是寫鍋裡煮著豆子，想把豆子的殘渣過濾出去，留下豆汁來做成糊狀食物。這是日常生活現象，語言淺顯，不需多加闡釋，寓意也十分明朗。

「萁在釜下燃，豆在釜中泣。」豆萁晒乾成為柴草，此時正在鍋下熊熊燃燒，被煮的卻是與自己同根而生的豆子，此時鍋內的豆煮得翻轉如同「哭泣」。這個比喻真是絕妙無比，引出下文「萁」和「豆」是同根生的兄和弟，以「萁」煮「豆」就是骨肉間的相互殘害，貼切感人。

「本自同根生，相煎何太急？」承接上兩句，「萁」燃燒而煮熟的正是與自己同根而生的豆子，一上一下，一裡一外，比喻之妙，用語之巧，又是在剎那間脫口而出，實在令人嘆為觀止。千百年來，流傳於世的《七步詩》有四句版本和六句版本，但無論哪個版本，這兩句一直沒有變化過，已成為人們勸誡避免兄弟自相殘殺的普遍用語。

📖 **拓展** ···

「風骨」是中國古代文論的基本概念和重要術語，大體上「風」偏重指文章精神氣質很有生命力，能感染人，「骨」是說文章應該表現得剛健有力，二者密不可分。包括曹操、曹丕、曹植、孔融、陳琳、王粲、徐幹、阮瑀、應瑒、劉楨在內的文人，代表了_____，形成中國文學史上的獨特風格，被後人尊為典範。

A. 建安風骨　　B. 魏晉風骨　　C. 田園風骨　　D. 邊塞風骨

小寒

江雪

[唐]柳宗元

千山鳥飛絕，
萬徑①人蹤②滅③。
孤舟蓑笠④翁，
獨釣寒江雪。

📖 注釋

①徑：小路。②人蹤：人的蹤跡，人的腳印。③滅：完，盡，使不存在。④蓑（ㄙㄨㄛ）笠（ㄌㄧˋ）：蓑衣和斗笠。

📖 譯文

群山中的鳥兒飛得無影無蹤，所有道路都看不見人的蹤跡。
小船上一位披蓑戴笠的老翁，雪中獨自在寒冷的江面釣魚。

📖 賞析

這首詩用具體而細緻的手法來描寫背景，用遠距離、大場景的畫面來描寫主要景象，給人一種擺脫世俗、超然物外的幽人形象。是柳宗元山水詩中獨有的藝術特色，也是詩人思想情感的寄託，表達了詩人被貶永州的孤獨寂寞。

前兩句勾勒出一個廣大無邊的背景。「千山鳥飛絕」是仰視、遠視，目中所及顯得虛無飄渺。「萬徑人蹤滅」是俯視、近觀，眼中所見被白雪覆蓋，一片肅殺。詩中用「千山」、「萬徑」這兩個詞，再加上一個「絕」字和一個「滅」字把這廣闊的天地之中，人鳥絕跡，萬籟無聲，描繪得純潔寂靜。後兩句在前兩句這種絕對幽靜、絕對沉寂的背景之下，用宏大的背景襯托出漁翁在廣闊天地中的孤獨。「孤舟蓑笠翁」是用具體而細緻的手法來描寫畫面的主要形象，五個字描寫出複雜的幾個景象，由「孤」字統領，於淒清之處顯示幽獨落寞的精神狀態。然後再用遠距離視角來描寫「獨釣」形象。「孤舟」和「獨釣」讓漁翁形象被幻化了。最後一個「雪」同「江」字連在一起，形成破題，並產生山水詩更集中、更靈巧、更突出的意境和效果。

年少不懂柳宗元，讀懂《江雪》已中年。詩中莽莽群山，飛鳥絕跡，杳杳萬徑，人蹤俱滅，這種絕世孤獨，唯獨到了中年之後，經歷過事業沉浮、雙親離世、故友遠去等種種人世滄桑，才會真正體會到「孤」、「獨」二字。

全詩對仗工整、高度凝練、虛實相生、精雕細琢、極度誇張，將「絕」、「滅」、「孤」、「獨」錯綜複雜地統一在僅有二十個字的詩句裡，句句無雪，又句句見雪，句句寫景，又句句抒情，突顯柳宗元的創作才華和山水詩的藝術特色。

📖 拓展

　　永貞革新失敗後，柳宗元被貶永州，十年中大量接觸下層人民，目睹民不聊生的社會現實，為後世留下了大量的優秀作品。除《江雪》、《早梅》、《捕蛇者說》、《黔之驢》之外，還有哲學著作《天對》，用兩千三百餘字回答了＿＿＿＿＿＿一千年前提出的自然現象、神話聖賢、治亂興衰等一百七十多問。兩位哲人跨越時空，卻有驚人相近的才華和人生背景，閃爍著相似的精神火花。

　　A. 荀子　B. 伍子胥　C. 蘇秦　D. 屈原

═══ 初六 ═══

逢雪宿芙蓉山主人

〔唐〕劉長卿

　　日暮蒼山遠，
　　天寒白屋①貧。
　　柴門②聞犬吠，
　　風雪夜歸人③。

📖 注釋

　　①白屋：指平民居住無色彩裝飾的茅草屋。②柴門：以樹枝、木頭做成的門。形容樸素簡陋的居所。③夜歸人：夜間回來的人。一說指芙蓉山主人；一說指詩人自己。

📖 譯文

夜幕降臨，青山顯得特別遙遠，天氣寒冷，更感到茅草屋居所貧寒。

柴門外邊，忽然傳來一陣狗叫，風雪交加，有人夜裡冒風頂雪歸來。

📖 賞析

這首詩用凝練的文筆，描繪出一幅以旅客暮夜投宿，山家風雪人歸為素材的寒山夜宿圖。全詩用白描手法，語言樸實無華，詩中有畫，畫中有詩。

前兩句寫山行和投宿的情景。首句勾畫出一個暮色蒼茫、山路漫長的畫面。「日暮」點明時間已是傍晚，「蒼山遠」是詩人風雪途中所見，天色漸晚，遠處青山顯得特別遙遠而迷離，「遠」字暗示行人旅途跋涉的艱辛和勞頓，漫長的山路又暗示詩人急於投宿的心情。次句「天寒白屋貧」點明投宿的地點。「白屋」是對這戶人家境況的寫照，這裡主人家簡陋的茅舍在大雪中更顯得貧寒，「寒」、「白」、「貧」互相映襯，渲染貧寒、淒冷的氣氛，也反映了詩人獨特的心理感受。

後兩句「柴門聞犬吠，風雪夜歸人」寫借宿山家以後的事。「柴門」上承「白屋」，「風雪」上承「天寒」，而「夜」則與「日暮」銜接，是時間上的推移。隔著「柴門」聽到犬的叫聲，在這

樣一個風雪交加的夜晚，一定是有人來到，到底是誰呢？最後一句說出「風雪夜歸人」，想必是身上裹了滿身雪的芙蓉山主人打獵回來了吧。此時，室外風聲、雪聲、腳步聲、叩門聲、犬吠聲、家人應答聲，一併籠罩在幽寂的群山裡，在漫漫的長夜中，在風雪的最深處。

這原是一幅美好的山村雪景圖，字裡行間卻又瀰漫著一層濃重的蕭瑟落寞之氣，反襯出詩人劉長卿寂寥多舛的一生，他嘗遍酸甜苦辣，體會喜怒哀樂，留下百味人生。

📖 拓展

劉長卿世稱「＿＿＿＿」，他的詩裡多是悲苦意象，比如荒村、野橋、落葉、古路、寒山、孤舟，有學者稱他為「閉門詩人」，因為他詩文中常常描述「閉門」或「掩扉」，這與他仕宦生涯中屢遭不幸、被貶兩次長達十六年有關。

A. 劉隨州　B. 劉長洲　C. 劉潘州　D. 劉睦州

初七

送靈澈上人①

[唐]劉長卿

蒼蒼②竹林寺，
杳杳③鐘聲晚。
荷笠④帶斜陽，
青山獨歸遠。

📖 注釋

①靈澈（ㄔㄜˋ）上人：唐代著名僧人，本姓楊，字源澄，會稽（今浙江省紹興市）人，後為雲門寺僧。②蒼蒼：深青色。③杳（一ㄠˇ）杳（一ㄠˇ）：深遠的樣子。④荷（ㄏㄜˋ）笠：背著斗笠。

📖 譯文

蒼翠的叢林掩映著竹林寺，黃昏時遠處傳來鐘鳴聲。

身背斗笠夕陽映照著身影，在青山下獨自走向遠方。

📖 賞析

這是一首送別詩。「上人」是唐朝時期對僧人的尊稱，靈澈上人大概是中唐時期一位著名詩僧 —— 楊源澄，他出家在會

稽雲門山。這首小詩記敘詩人在傍晚送靈澈返回竹林寺時的心情。表達了詩人對靈澈誠摯的情誼，也表現出詩人黯然寂寞的心情，這種心情多半是詩人因事下獄，兩遭貶謫以來，一直失意待官，心情鬱悶的集中展現。

全詩四句，句句寫景，但句句有情。前二句望向蒼蒼山林中的竹林寺，聽到遠遠傳來寺院的鐘響，點明時間已是黃昏，天地間此處鐘聲悠揚，寧靜蕭穆，精美如畫，動靜相稱。詩人以想像之筆，創造了一個清幽飄渺的境界。後二句寫靈澈上人頭戴斗笠，身披夕陽餘暉，獨自向青山走去，越來越遠的空間延展讀者的視線。為了突出「荷笠」這一人物形象和整個畫面構圖，「斜陽」充盈在整個畫面，讓人有欣賞一幅畫作的即視美感。「獨歸遠」恰如其分地顯出詩人佇立目送，依依不捨，久久不歸的場景。畫面中光束、景物、人物緊密相連，全詩的立意、構圖、色調和抒情十分獨特，令人回味不盡。

《送靈澈上人》更像一幅水墨畫，不僅畫面上的山水、人物構圖精美，而且畫外詩人的自我形象淡雅惆悵，令人回味不盡。寺院傳來的聲聲暮鐘，觸動詩人的思緒，青山獨歸的靈澈背影，勾惹詩人的歸意。

全詩語言精練，精美如畫，借景抒情，表現出靈澈上人歸山的淡泊、清寂風度。也暗示一個宦途失意的詩人，一個遊歷歸山的僧人，在出世入世的問題上，有著不同的體驗，詩人把情感表達得極為含蓄、貼切、完美。

📖 **拓展** ···

　　劉長卿的一生，歷玄宗、肅宗、代宗和德宗四朝。天寶年間，安祿山攻破長安，剛中進士的劉長卿遇亂而避江南，他仕宦生涯一次入獄，兩度被貶，仕途屢屢受挫後，一直心情鬱悶。西元七六九至七七〇年，和靈澈上人相遇又離別於潤州，詩中的「竹林寺」在今＿＿＿。

A. 江蘇鎮江　B. 江蘇無錫　C. 江蘇徐州　D. 江蘇泰州

═══ **初八** ═══

江上漁者

[北宋] 范仲淹

　　江上往來人，
　　但①愛鱸魚②美③。
　　君看一葉舟，
　　出沒④風波裡。

📖 **注釋** ···

　　①但：只，僅，不過。②鱸魚：肉質潔白肥嫩，細刺少、無腥味，味極鮮美。③美：味美。④出沒（ㄇㄛˋ）：忽現忽隱、活動往來。

📖 譯文

江上的人們來來往往，不過喜歡鱸魚味道鮮美。

請您看那一葉小漁船，時隱時現飄蕩在風浪裡。

📖 賞析

范仲淹是北宋著名的政治家、文學家。他具有以民為念、體恤民生的思想意識。全詩僅二十個字，均是平常的語言，平常的人物，平常的事件，但言近而意遠，詞淺而意深，有「誰知盤中餐，粒粒皆辛苦」之意，蘊含作者「先天下之憂而憂，後天下之樂而樂」的憂國憂民思想。

首句寫江岸邊人來人往，熙熙攘攘的熱鬧景象。這種熱鬧的環境在一百年後畫家張擇端的《清明上河圖》中可以見到，江岸碼頭人口稠密，商船雲集，各色人物從事著各種活動。「但愛鱸魚美」道出「往來人」的主要原因，人們擁到江上，是為了搶購鱸魚，先到先得。當時范仲淹正在蘇州任上，經常往來江南一帶，此地的鱸魚貌不驚人，甚至有點醜陋，但牠遠近聞名，肉嫩而肥，鮮而無腥，沒有毛刺，滋味絕倫，而且營養價值極高，自然引得人們爭相食用。

後兩句表達出詩人對漁人疾苦的同情。「君看一葉舟」將視線從岸邊遷移到江上，江上捕魚的「舟」好像樹葉一樣，飄蕩顛簸。「出沒風波裡」進一步指引人們關注風浪中忽隱忽現的捕魚

小船。船上的人完全是為生活所迫，不辭辛勞，夜出朝回，看著他們在「風波裡」冒著生命危險，讓詩人產生強烈的憐憫之情和感嘆之意。「江上」和「風波」兩種環境，「往來」和「出沒」兩種動態，相互映襯，對比強烈，世人只「愛鱸魚」的鮮美，卻不關心、不注意、不憐惜漁人的辛苦，這也是世道之不公平，此詩更耐人回味，使人產生強烈的心理共鳴。

📖 拓展

《三國演義》中有曹操大宴賓客，因席上無鱸魚引以為憾，有人當著曹操的面在池子內釣出_____，當即烹煮的故事。史書記載，天下鱸魚都是兩鰓，唯此為四鰓，且巨口細鱗，鰭棘堅硬，其肉嫩而肥，鮮而無腥，沒有細毛刺，滋味鮮美絕倫，是野生魚類中最鮮美的一種。被隋煬帝評為「東南佳味」，乾隆帝御賜其為「江南第一名魚」。

A. 松江鱸魚　B. 大口黑鱸　C. 七星鱸魚　D. 河鱸

═══ 初九 ═══

山中送別

［唐］王維

山中相送罷，
日暮掩①柴扉②。

春草明年^③綠，

王孫^④歸不歸？

📖 注釋

①掩：關，合。②柴扉：以樹枝木頭做成的門。形容簡陋的居所。③明年：一作「年年」。④王孫：原指貴族子孫，古時也用來尊稱一般青年男子，是對他人的尊稱。

📖 譯文

在深山中剛送走了好友，傍晚時分我把柴門關上。

等到明年春天草綠之時，不知您能不能再回來呢？

📖 賞析

這是一首送別詩。山中好友即將離去，送別之時，固然令人黯然魂銷，送別之後，一種寂寞之感、悵惘之情便會湧上心頭。全詩含蓄深厚，曲折別緻，獨具匠心，耐人尋味。

首句「山中相送罷」點明是與友人別離之後，用「罷」字將與友人的話別場面一筆帶過。「山中」本與世隔絕，有清幽深遠之意，在這裡送別，自然倍感孤獨凄清。第二句從時間和空間上進行了轉場，跳越了一段時間，直接轉到「日暮」，略過一段回程，直接來到「柴扉」。一種寂寞之感、悵惘之情往往在別後當天的日暮時會變得更濃重、更落寞。「掩柴扉」是一個極其平

常的舉動，詩人卻抓住這個「掩」的鏡頭，一個人伴著孤影，將家門關上，屋內寂靜，院中冷清，自然會追憶友人的音容笑貌，眼前浮現友人在山中時朝夕相處的歡樂。

後兩句表達盼望友人歸來同賞明年春色的深情。「春草明年綠」是詩中唯一的色彩，將眼前的景象透過意象而鮮活了，使整首詩有了一絲色彩。「柴扉」關閉後，詩人還在思索，友人已遠去，如同草木要凋零一樣，可草木尚且一歲一枯榮，友人是否也有歸期呢？這兩句化自《楚辭·招隱士》中「王孫遊兮不歸，春草生兮萋萋」之句。「歸不歸」三字，有擔心、疑惑友人去而不歸，又有盼望友人明年能早些歸來之意。剛剛送別，就盼望明年能再相聚，情意之深可想而知。

📖 拓展

這首送別詩，不寫離亭餞別的依依不捨，卻更進一層寫希望別後重聚。王維在寫贈送親友和描寫日常生活的抒情小詩上，往往採用多種藝術手法，更能取得深長的意趣。如《山中送別》、《臨高臺送黎拾遺》、《送元二使安西》、《送沈子福之江東》、《九月九日憶山東兄弟》、《相思》、《雜詩》等，千百年來膾炙人口。其中_____和《相思》等在當時即譜為樂曲，廣為傳唱。

A.《山中送別》　　B.《送元二使安西》　　C.《雜詩》　　D.《九月九日憶山東兄弟》

══ 初十 ══

雜詩三首（其二）

[唐] 王維

君自故鄉來，

應知故鄉事。

來日①綺窗②前，

寒梅著花③未④？

📖 注釋

①來日：來的時候。②綺（ㄑㄧˇ）窗：雕刻或繪飾得很精美的窗戶。③著（ㄓㄨㄛˊ）花：著同「著」，開花。④未：用於句末，相當於「否」，表示疑問。

📖 譯文

你是從故鄉來到這裡的，應該知道故鄉的事情。

來的時候我家鏤花窗前，那株蠟梅花開了沒有？

📖 賞析

《雜詩三首》是王維以江南樂府民歌風格所作的一組抒情五言絕句。第一首，描寫身在孟津，盼望書信的心情。第二首，描寫思念故鄉，詢問家事的心情。第三首，描寫問「梅」過後，

春草又生，愁心猛長的心情。此為第二首，透過拐彎抹角地問家鄉人，表露對往事的回憶、眷戀，夾雜著複雜而深沉的思想感情。

全詩四句話，句句都是遊子向故鄉來人的詢問之詞。開頭兩句，不加修飾，娓娓道來，以一種接近於生活的自然狀態書寫，傳神地表達了「我」的感情。詩中只有一個「君」字，沒有提及「我」是誰，可能是詩人，也可能是他人，可能是少年遊子，也可能是閨中少女，詩人用極簡的筆墨，反而能豐富讀者的聯想。「應知故鄉事」彷彿只是一般性的寒暄，很尋常的詢問之詞，反而「故鄉事」應是不勝列舉的，也沒有聚焦在故鄉的親人朋友、山川景物、風土人情，而表達了身在異鄉，久為異客，見到故鄉來人，生成一種驚喜狀與探知慾。

後兩句將他所關心的事物凝練於一個「問梅」的細節上。所謂鄉思，完全是一種形象思維，浮現在思鄉者腦海中的，往往是一個個具體的形象或畫面。「綺窗前」三字含情無限，這扇雕刻或繪飾得很精美的窗戶，在詩人的心中印象深刻，可能是一種兒時的記憶，可能是一段刻骨銘心的情感，也可能是一種複雜難言的人生況味，包含了幾種情緒的纏結。家中的這株「寒梅」，也不再是一般的自然植物，而成了故鄉的一種象徵。對於遠離家鄉的遊子來說，「倚窗前」的「寒梅」開不開並不是其所真正關心的，「著花未」甚至是一種明知故問，但詩人的巧妙之

處，就是從這一問題的設計來體會遊子內心深處那種含蓄、焦灼、深厚的情感。

📖 拓展

王維在安史之亂時被俘，被安祿山拘於洛陽菩提寺，第二年唐軍收復長安、洛陽，王維又被唐軍從洛陽押解到長安。因其弟＿＿＿＿＿刑部侍郎平叛有功，請求削籍為兄贖罪，王維才得以釋放，被降為太子中允。

A. 王縉　B. 王紘　C. 王繟　D. 王紞

═══ 十一 ═══

夜宿山寺

［唐］李白

危樓①高百尺②，

手可摘星辰。

不敢高聲語，

恐驚天上人。

📖 注釋

①危樓：高樓。②百尺：虛指，形容樓很高。

📖 譯文

山上寺院的高樓多麼高聳，彷彿伸手就能摘到星星。

我在這裡都不敢大聲說話，恐怕驚動了天上的神仙。

📖 賞析

這是一首記遊寫景詩。此詩的具體創作時間及山寺具體地點還尚無定論。詩人起大膽想像，用誇張的藝術手法，描繪出樓的高聳氣勢，給予人豐富的聯想。表現出詩人與天地、自然親近的非凡意識。

首句描繪高樓的峻峭挺拔，高聳入雲的姿態。「危」與「高」意思相同，倍顯高樓突兀醒目。「百尺」還是形容此樓之高，是程度的表述，在虛與實之間恣肆地抒發自己的想像力。

次句表達這是夜晚所見，更有深幽之感。「手可摘星辰」生動、形象地將「危樓」雄視寰宇的非凡氣勢淋漓盡致地描繪出來。登上樓頂，一伸手似乎就可以摘到星星了，詩人透過誇張的手法，給予人曠達闊遠之感，以星辰的美麗，引起人們對登上「危樓」的嚮往。不僅顯示了詩人的浪漫情懷，而且也為讀者開啟了想像的空間。

三、四兩句是描寫心理狀態。夜深人靜，萬籟俱寂，夜空遼闊，星空低垂，詩人彷彿置身於星辰與山寺之間。「不敢」二字形象而逼真地刻劃出詩人此時的心理活動，人站在這裡都不

敢大聲說話，原因是唯恐驚動了「天上」的仙人，把夜晚的寂靜狀態刻劃得十分逼真。「不敢高聲語」的作用有兩點，一是承上，能「摘星辰」說明已經接近「天上」了；二是啟下，說明此時還是有所顧忌與擔心的。「恐驚天上人」也從側面描寫這景緻一定是規模宏大的、富麗堂皇的，如同天上仙人居住之地。「不敢」和「恐驚」讓人頓感情趣盎然，讓讀者展開想像的翅膀，在詩人用詩句鋪設成的廣闊天地中自由飛翔。

📖 拓展

關於《夜宿山寺》寫的是哪座山哪座寺，一直存在爭議。傳統觀點認為李白這首詩作於湖北省黃梅縣，寫的是黃梅縣蔡山峰頂上的江心寺。但此詩卻充滿著童真和率直，而李白出蜀時已經二十五歲了。據今人考辨《夜宿山寺》的內容，大約為李白少年詩作《上樓詩》的內容，而《上樓詩》應為李白上＿＿＿＿的詩，有可能作於十四歲時在蜀中的遊歷。

A. 黃鶴樓　B. 越王樓　C. 岳陽樓　D. 滕王閣

═══ 十二 ═══

早梅

[唐] 張謂

一樹寒梅白玉條，

迴①臨村路傍溪橋。

不知近水花先發②，

疑是經冬③雪未銷④。

📖 注釋

①迴（ㄐㄩㄥˇ）：遠。②發（ㄈㄚ）：開放。③經冬：經過冬天。④銷：同「消」，融化。

📖 譯文

梅花凌寒早開，枝條潔白如玉，它遠離村路，臨近溪水橋邊。

人們不知梅花靠近溪水會早開，還以為是冬天尚未消融的雪。

📖 賞析

自古以來，以梅花入詩者不乏佳篇，有人詠梅花的豐姿，有人詠梅花的神韻，而這首詠梅詩，則側重寫寒梅開放之

「早」。從似玉非雪、近水先發、冬雪未銷的三大特點著筆，寫出了早梅的形神姿態。

「一樹寒梅白玉條」描寫早梅花開的嬌美姿色。寒梅在寒冷的季節已經綻放，「白玉條」生動地寫出梅花潔白嬌美的姿韻，並藉助「白玉條」生動、形象的比喻，鮮明、傳神地塑造出早梅的品貌和氣質。首句將早梅的形象刻劃得唯妙唯肖，韻味十足，似乎與詩人的精神心有靈犀。「迴臨」一句點明早梅所在的方位，它遠離村路，並不在田間園舍，一種絕世而獨立的姿態，躍然紙上。可以想見，在冰雪尚未消融之際，文人墨客一定踏雪尋訪，尋覓這凌寒獨放的早梅。在遠離道路的溪水橋邊，詩人終於看到了似玉如雪的早梅，獨自靜悄悄地開放。一個「迴」字，一個「傍」字，寫出了「一樹寒梅」獨開的自然環境。

「不知近水花先發」描寫早梅花開的時間之早。即使寒梅最先綻放，但就現在的時間和天氣來說還是太早，究其原因是「近水」，詩人有幸能初見橋邊近水早發的梅花，自是驚喜之情。「疑是經冬雪未銷」描寫梅花潔白無瑕的樣子。用一「疑」字，更為傳神，它將詩人見到「早梅」時那種驚喜之情渲染得淋漓盡致，似乎詩人並不敢相信自己眼睛所看到的是梅花，而懷疑是不是未融化的冬雪重壓枝頭，如同後來王安石的「遙知不是雪，為有暗香來」。「雪未銷」與「白玉條」首尾呼應，使全詩的主題得到進一步深化，喚起人們對早梅的傾慕之情。

📖 拓展

　　梅花以「獨天下而春」為特徵，作為傳春、報喜、吉慶的象徵，一直被人們視為吉祥之物。梅花經過幾千年的培育，品種極多，出現可供觀賞的花梅，時至今日，市將梅花確定為市花。古代文人視賞梅為一件雅事，唐以前，詠梅詩的數量不多，唐朝時期，梅花的栽培技藝得到極大發展，這一時期種梅、賞梅、詠梅活動逐漸升溫，詠梅作品大量湧現。

　　A. 廣州　B. 長沙　C. 武漢　D. 杭州

＝＝ 十三 ＝＝

早梅

[唐] 柳宗元

　　早梅發①高樹，迥②映楚天③碧。
　　朔吹④飄夜香，繁霜滋⑤曉白。
　　欲為萬里贈⑥，杳杳⑦山水隔。
　　寒英⑧坐⑨銷落⑩，何用慰遠客？

📖 注釋

　　①發：散開，分散。②迥（ㄐㄩㄥˇ）：遠。③楚天：詩人所在永州（今湖南永州），古屬楚地。④朔（ㄕㄨㄛˋ）吹：北

風。一作「朔吹」。⑤滋：增益，加多。⑥萬里贈：指捎一枝梅花贈給遠方的友人。⑦杳（ㄧㄠˇ）杳（ㄧㄠˇ）：深遠的樣子。⑧寒英：寒天的花。此處指梅花。⑨坐：遂，即將。⑩銷落：凋謝。

📖 譯文

梅花在高高的枝頭早早綻放，遠遠地映照著永州湛藍天空。

夜晚北風吹來陣陣花的清香，清晨寒霜為它增添潔白光澤。

想折枝贈予萬里之外的親友，無奈山遠水長路途受到阻隔。

寒風中的梅花即將零落凋謝，能用什麼撫慰遠方的親友呢？

📖 賞析

詩人以早梅迎風鬥寒，昂首開放的英姿，既表達對親友的思念之情，也表達對自身遭遇不平、理想不能實現的傷神之情。

首聯描寫早梅綻放時的樣子。在高遠廣闊、碧空如洗的天空下映襯著梅花的嬌豔色澤，一個「發」字寫出早梅昂首怒放、生機盎然的形象，「高樹」、「楚天」都映襯了早梅高雅不凡的品格。柳宗元參加王叔文改革失敗，此時被貶在永州，仍有不屈不撓的鬥爭精神。

頷聯繼續描寫早梅外在之形和內在氣質。到了夜晚，吹來

陣陣微風，便把梅香傳送到四面八方，聞之沁人心脾。而清晨裡的濃霜還為梅花增添了一份潔白光澤，遠遠望去更漂亮，令人舒暢。「朔吹」是北風，「繁霜」是寒霜，用惡劣環境表現梅花不同風骨、不落凡俗和不屈品格。

頸聯由詠物轉入抒情，由眼前的梅花想起了遠方的親友，借物抒懷。想要折一枝早梅，贈給所牽掛的親友，但因路途遙遠，山水阻隔，不能實現。柳宗元因永貞革新失敗，牽連到很多人，他在永州期間，與親人天各一方，母親也因病去世。

尾聯展現出一種悵惘、不平之情，自己被貶後與親友失去連繫，不禁黯然神傷。詩人從梅的早開早落聯想到自己的身世，自己的境遇。梅花也終究會「銷落」，讓我如何才能慰藉那些遠方的親友呢？以反問做結，更使此詩顯得格調高雅，卓爾不群。

📖 拓展

「欲為萬里贈」四句表達的思想感情是很複雜的，既有對親友的思念，也有對自身遭遇的喟嘆，還有「輔時及物」的理想不能實現的痛苦。十年後，柳宗元終於接到詔書回到長安，但由於受到＿＿＿等人的仇視，不被重新啟用，改貶為柳州刺史，史稱「柳柳州」。

A. 裴度　B. 王叔文　C. 劉光琦　D. 武元衡

十四

梅花

[北宋] 王安石

牆角數枝梅，
凌寒①獨自開。
遙知不是雪，
為②有暗香③來。

📖 注釋

①凌寒：冒寒，嚴寒。②為（ㄨㄟˋ）：因為，由於。③暗香：形容清幽的花香。

📖 譯文

生長在牆角的那幾枝梅花，冒著嚴寒在獨自盛開。

遠望就知道潔白的不是雪，因為有隱隱香氣傳來。

📖 賞析

西元一〇七六年，王安石再次被罷相，對改革大業心灰意冷，退居鐘山。此時的王安石心境孤獨，詩風開始轉變，創作了較多描寫湖光山色的小詩，這些詩文風格趨於含蓄深沉，注重對藝術的錘鍊。這首小詩對梅花的形象不做任何描繪，而以

牆角之梅自喻，表明人品高潔，不卑不亢，表達他在寂寞中奮發，在孤獨中打拚的精神。

前兩句寫牆角梅花不懼嚴寒，傲然獨放。「牆角」二字十分重要，突出梅花身處簡陋環境，孤芳自開的形態。此時詩人退居鐘山，映襯詩人所處環境已不在朝堂，遠離了朝廷中心，卻依舊堅持自己政治主張的態度。「凌寒」既是實景，也有虛指，在當時極端複雜和艱難的局勢下，王安石積極改革，而得不到支持，甚至孤軍奮鬥，一意孤行，其孤獨心態和艱難處境與梅花自然有共通之處。「獨自」二字語意剛強，無懼旁人的眼光甚至誹謗，在惡劣的環境中，依舊綻放，展現出詩人堅持自我的信念。

後兩句重點放在梅花的幽香上，寫梅花的高貴品格。「遙知」說明詩人距離「數枝梅」有一段距離，遠遠望去一片潔白，但他直接給出「不是雪」的否定，引出最後一句「為有暗香來」。顯然，因為梅花在「牆角」不斷地散發著幽香，雖是遠觀也能暗香沁人。詩人用「不是雪」喻梅的冰清玉潔，又用「暗香來」點出梅勝於雪，說明堅強高潔的人格所散發的魅力是無法阻擋的，哪怕遠在深山。這與林逋的那種脫離現實社會，安於清淨生活的狀態並不一樣，王安石的內心世界希望即使遠在江湖，也能遠遠地向世人送去淡淡的幽香。

拓展

　　西元一〇四三年，以范仲淹為首的「慶曆新政」宣告失敗。西元一〇六九年，以王安石為首的「熙寧變法」開始，西元一〇八五年神宗去世，哲宗趙煦即位，由高太后垂簾聽政，立即起用＿＿＿＿為相，新法幾乎全被廢掉，史稱「元祐更化」。至此，繼商鞅變法之後，又一次規模巨大的社會變革運動結束。次年王安石病逝於鐘山。

　　A. 呂公著　B. 司馬光　C. 呂惠卿　D. 曾公亮

═══ 十五 ═══

十冬月十五夜

［清］袁枚

　　沉沉①更鼓②急，

　　漸漸人聲絕③。

　　吹燈窗更④明，

　　月照一⑤天雪。

注釋

　　①沉沉：形容沉穩的樣子。指從遠處傳來的斷斷續續的聲音。②更（ㄍㄥ）鼓：打更用的鼓。③絕：消失。④更（ㄍㄥˋ）：愈加，再。⑤一：全，滿。

📖 譯文

　　遠處傳來一陣斷斷續續的更鼓聲，人們聲音漸漸地安靜下來。

　　吹燈之後發現窗外顯得愈加明亮，滿天是月光與白雪相映照。

📖 賞析

　　這首詩描寫了一年中最後一個「十五夜」。詩人觀察細緻，體會深微。用夜深、鼓急、人靜、窗明、雪月這些具展現象，描繪了一幅潔白明淨、交相輝映的冬日夜景，簡潔明瞭，清新可人。

　　前兩句「沉沉更鼓急，漸漸人聲絕」藉助「沉沉」、「漸漸」疊字製造了更深人靜的環境氣氛和藝術效果。古代一夜分為五更，每一更大約兩小時，晚上派專人巡夜，打鼓報時刻，此時應是初更，城裡還能聽到喧譁聲，說明正在歸家途中，相互寒暄、告別之時。「人聲絕」是市井的吵鬧聲慢慢平息下來，人們陸續入睡了。

　　後兩句寫雪映月色月更明的夜景。燈本是室內照明的，可「吹燈窗更明」，將十冬月十五日夜明形象突出地表現出來。這是一年中最後一次月圓之夜，又趕上雪後初晴，明月高懸，照耀滿地白雪，月光顯得分外皎潔，是難得的夜中美景。「月照一天雪」五個字準確地表達出詩人映雪賞月的獨特感受，既寫了實

景，又傳出真情，將詩中夜深、鼓急、人靜、窗明、雪月等多種景象交織融合在一起，令讀者彷彿身臨其境。

📖 拓展

　　袁枚，青年出仕，中年歸隱，晚年遠遊，是詩人、散文家、文學批評家，還是美食家。其擅長寫作山水、詠史、論詩、哀悼等多種題材的詩，自由舒適、暢快淋漓、構思新穎、生機盎然；其文擅長人物傳記、山水散文、尺牘、碑文等，囊括論理、記事、寫人、寫景、抒情等多方面；在園林藝術上，袁枚購得曹寅所建的「＿＿＿＿＿」，經再次設計建造，集山水人文景觀於一體，清幽迷人，其一生大部分時間都隱居於此；在飲食文化上，有「食聖」之譽，其論著深入地探討烹飪的技術和理論，成為劃時代的烹飪典籍。

　　A. 隨園　B. 煦園　C. 愚園　D. 瞻園

═══ 十六 ═══

山園小梅（其一）

［北宋］林逋

眾芳搖落獨暄妍①，占盡風情向小園。
疏影②橫斜水清淺，暗香浮動月黃昏③。

霜禽④欲下先偷眼⑤，粉蝶如知合⑥斷魂⑦。

幸有微吟可相狎⑧，不須檀板⑨共金樽⑩。

📖 注釋

①暄（ㄒㄩㄢ）妍：氣候溫暖，景物鮮明而美麗。②疏影：疏朗的影子。③黃昏：此處指月色朦朧。④霜禽：指白鷗、白鷺、霜鳥等。⑤偷眼：暗中偷看。⑥合：應該。⑦斷魂：極度惆悵、悲哀。⑧狎（ㄒㄧㄚˊ）：態度不莊重地親近。此處指玩賞。⑨檀（ㄊㄢˊ）板：用檀木製成的拍板，為戲曲伴奏與器樂合奏時的節拍器。泛指樂器。⑩金樽（ㄗㄨㄣ）：精美的酒器。此處指飲酒。

📖 譯文

百花落盡後只有梅花鮮明地綻放，豔麗景色成為小園中最美的風景。

稀疏橫斜的梅枝倒映在清淺水中，清幽的芬芳浮動在朦朧的月光下。

霜鳥飛落下來時先偷看梅花一眼，蝴蝶若知道梅花的妍美應該惆悵。

幸好我能一邊低聲吟誦一邊賞梅，不必一邊敲著檀板一邊飲酒品評。

📖 賞析

　　《山園小梅》組詩共二首，第一首寫詩人對梅花的喜愛與讚頌，是詩人獨幽清高、自甘淡泊的自我寫照；第二首讚美梅花孤高絕俗的品性，表達詩人對梅花有著無比深情。此為第一首。

　　首聯是實寫。一個「獨」字，一個「盡」字，充分表現了梅花獨特的生活環境。梅花在園中獨自開放，傲雪而立，遠眺小園，整個花園中最為顯眼的，便是這梅花了。

　　頷聯描繪了一幅意境優美的山園小梅圖，被譽為「千古詠梅絕唱」。「疏影」是梅花的自然超逸；「橫斜」是梅花的秀骨神情；「水清淺」是梅花的高潔淡雅；「暗香」是梅花的靜謐幽香；「浮動」是梅花的婀娜多姿；「月黃昏」是梅花的朦朧溫潤。簡直把梅的氣質和風姿寫絕了，令人見之嫵媚，聞之陶醉。

　　頸聯是虛寫，藉助自然界的動物，反襯詩人對梅花的喜愛之情。「先偷眼」三字很傳神，將飛禽的動作、表情刻劃得非常細膩，「合斷魂」則以惆悵之苦反誇梅花的妍美，用設想之詞，假託之物，表達出深邃的意味。

　　尾聯從借物抒情變為直抒胸臆。詩人說，還好我可以吟誦詩詞，和梅花的品格相呼應，可以讓梅花接受我，而不是和那些世俗之人一樣，舉著酒杯對梅花進行品評。表達能被梅花所接受的人，應該是像自己這樣不為世俗功名所累，避世隱居的人。

📖 **拓展** ··

　　歷史上的林逋，自幼苦讀，喜歡研究歷史和古風，精通經史百家。但他個性孤高，喜歡清靜的生活，不喜歡趨炎附勢，終生不仕不娶，四十歲後隱居_____，一生都與梅花相伴。

　　A. 杭州西湖　B. 江西廬山　C. 長安驪山　D. 安徽黃山

═══ 十七 ═══

雪梅二首

[南宋] 盧梅坡

　　其一

　　梅雪爭春未肯降①，騷人②擱筆③費評章④。

　　梅須遜⑤雪三分白，雪卻輸梅一段香⑥。

　　其二

　　有梅無雪不精神，有雪無詩俗了人。

　　日暮詩成天又雪，與梅並作十分春⑦。

📖 **注釋** ··

　　①降（ㄒㄧㄤˊ）：服輸。②騷人：詩人。③擱筆：放下筆。④評章：評議文章。⑤遜：差，不如。⑥一段香：一片香。⑦十分春：指全部的春天。

📖 譯文

梅花和雪花各占春色誰也不服，導致詩人難以寫出品評文章。

晶瑩潔白上梅花遜色雪花三分，雪花卻輸給梅花一段清香氣。

只有梅花沒有雪花有些不精神，只有雪花沒有詩文又很俗氣。

傍晚評議文章寫好時又逢大雪，梅花雪花爭豔才是全部春天。

📖 賞析

詩人往往把雪、梅並寫，雪因梅透露出春的訊息，梅因雪顯出高尚的品格，但在盧梅坡（籍貫生卒均不詳，一作盧鉞，號梅坡）的筆下，二者卻為爭春發生了「摩擦」，都認為各自占盡了春色，裝點了春光，而且誰也不肯相讓。這種寫法，不可多得，新穎別緻。

前四句是《雪梅（其一）》，採用擬人手法寫梅花和雪花都認為各自占盡了春色，誰也不肯服輸，難壞了詩人，難寫評判文章，只好放下筆，近距離地觀察雪花，欣賞梅花。詩人經過觀察發現，兩者共同點都是晶瑩潔白，如果雪花有十分白的話，梅花只有七分白，不過梅花要多了一段清香，一「遜」一「輸」

不相上下。

後四句是《雪梅（其二）》，是詩人對梅與雪的總評。詩人認為，單純存在則都無法突顯價值，要麼「不精神」，要麼「俗了人」，只有合在一起才是春色滿園。詩人借雪梅的爭春，告誡人們人各有所長，也各有所短，要有自知之明。取人之長，補己之短，才是真理。這首詩既有情趣，也有理趣，值得詠思。

詩中闡述了「梅、雪、詩」三者的和諧統一關係，三者缺一不可，只有三者結合在一起，才能組成最美麗的春色。詩人認為，如果只有梅花獨放而無飛雪落梅，就顯不出春光的韻味；若只有梅和雪而沒有詩作，也會使人感到不雅。從這首詩中，可看出詩人觀雪、賞梅、吟詩的痴迷精神以及高雅的審美情趣。

📖 拓展

南宋詩人盧梅坡（一作盧鉞）頌揚梅花那傲霜凌雪的氣勢，也道出梅花的香味總能以最奇妙的方式直達心脾。梅花香味別具神韻，清逸幽雅，被歷代文人墨客稱為「暗香」。南宋詩人_____著《梅譜》，蒐集梅花品種十二個，還介紹了繁殖栽培方法等，這是中國第一部「藝梅」專著。

A. 釋志南　B. 劉克莊　C. 范成大　D. 徐元傑

十八

卜算子·詠梅

[南宋] 陸游

驛①外斷橋邊，寂寞開無主②。已是黃昏獨自愁，更著③風和雨。

無意苦④爭春，一任⑤群芳⑥妒。零落成泥碾⑦作塵，只有香如故⑧。

📖 **注釋**

①驛（一ˋ）：驛站。古代供傳遞訊息的官員途中食宿、換馬的場所。②無主：無人照管。③著（ㄓㄨㄛˊ）：遭受，承受。④苦：極力盡力，竭力。⑤一任：全任，任憑。⑥群芳：群花，借指苟且偷安的主和派。⑦碾（ㄋㄧㄢˇ）：軋爛，壓碎。⑧香如故：香氣依舊存在。

📖 **譯文**

驛站之外的斷橋邊，梅花獨自寂寞地開放，無人前來欣賞。已經夠愁苦的梅花，暮色降臨後又遭受到一場風雨的摧殘。梅花開在百花之前，它無心同百花爭春光，任憑百花嫉妒。即使花瓣飄落一地，被碾作塵土，也依然有芳香留在世間。

📖 賞析

　　陸游一生酷愛梅花，將其作為一種精神的載體來傾情歌頌，梅花在他的筆下成為一種堅貞不屈的形象。

　　詞的上闋著力渲染梅花的落寞淒清之狀，飽受風雨之苦的情形。開放在人跡罕至的荒郊野外，自然無人看管，無人照料，「斷橋邊」的梅花生死榮枯全憑自己。由於這些原因，梅花「獨自愁」，但屋漏偏逢連夜雨，此時晝夜溫差是很大的，夜晚又遭受了一場淒風慘雨，梅花的淒涼處境躍然紙上。

　　下闋抒寫梅花的靈魂及表達個人豁達的生死觀。無論風雨滂沱，還是冰天雪地，都「無意」爭春，也不理妒忌，不畏人言，傲然不屈，始終潔身自愛，即使被迫凋落了，粉身碎骨了，化為塵土了，也要「香如故」。末句具有扛鼎之力，它振起全篇，把前面梅花受到風雨侵凌、凋殘零落的不幸處境，一股腦兒拋到九霄雲外去了。

　　在陸游的筆下，梅花的可貴，不僅僅表現在它盛開於枝頭的時候，同樣也表現在它凋謝地面以後。花如此，人也應如此，面對主和派的心計和打算，面對小人的排擠和誣陷，面對世人的不解和猜忌，陸游也不屑一顧，心懷坦蕩忠心報國。心中一直像「香如故」的梅花那樣，一生對惡勢力的抗爭堅持不懈，對理想的追求堅貞不渝。

拓展

陸游《卜算子‧詠梅》以物喻人，託物言志，與＿＿＿＿＿非常類似。巧借飽受摧殘、花粉猶香的梅花，比喻自己雖終生坎坷，但絕不媚俗的忠貞，詩中所塑造的梅花形象，有詩人自身的影子，正如他在《梅花絕句》裡寫的：「何方可化身千億，一樹梅花一放翁。」

A. 周敦頤的《愛蓮說》　B. 柳宗元的《早梅》　C. 王冕的《墨梅》　D. 王安石的《梅花》

══ 十九 ══

酬樂天揚州初逢席上見贈①

[唐] 劉禹錫

巴山楚水②淒涼地，二十三年③棄置身④。
懷舊⑤空吟聞笛賦⑥，到鄉翻似⑦爛柯人⑧。
沉舟側畔⑨千帆過，病樹前頭萬木春。
今日聽君歌一曲⑩，暫憑杯酒長精神。

注釋

①酬樂天揚州初逢席上見贈：答謝白居易在揚州久別初逢的宴席上送給我的詩篇。②巴山楚水：詩人曾被貶夔州、朗

州等地，夔州古屬巴郡，朗州古屬楚地。③二十三年：被貶二十二年，加上路程一年。④棄置身：指遭受貶謫的自己。⑤懷舊：懷念舊友。⑥聞笛賦：引用西晉向秀的《思舊賦》。⑦翻似：反而似，倒好像。⑧爛柯人：相傳晉人王質上山砍柴，看見兩個童子下棋，就停下觀看，等棋局終了，手中的斧柄已經朽爛，才知道已過了百年。⑨側畔：旁邊。⑩歌一曲：指白居易的《醉贈劉二十八使君》。長（ㄓㄤˇ）精神：振作精神。

📖 **譯文**

在那巴山楚水淒涼的地方，我度過二十三年貶謫時光。
懷念舊友徒然吟誦聞笛賦，如今歸來後反而物是人非。
沉船旁邊有無數船帆駛過，病樹前面卻已是萬木爭春。
今天聽了你為我吟誦的詩，暫借這杯美酒振作精神吧。

📖 **賞析**

劉禹錫這首酬答詩，接過白居易詩的話頭，著重抒寫這特定環境中自己的感情，並表達希望永在前方的豁達襟懷。

前兩句高度概括這二十三年生活，透過「棄置身」自述長期被貶謫，讓人倍感淒涼。接著，詩人用了兩個典故，一個用來懷念已故去的舊友，一個用來感傷自己的遭遇。西晉時期，向秀為懷念嵇康寫了一篇《思舊賦》，詩人用「懷舊空吟聞笛賦」

來懷念他過去的朋友。而「到鄉翻似爛柯人」則用了《述異記》中晉人王質誤入仙境，看見兩個童子下棋，回到家中，已是人間百年的故事。再次說明，自己被長期貶謫在外，此次得以回城，物是人非恍如隔世。

結句「沉舟側畔千帆過，病樹前頭萬木春」被人們千古傳誦。劉禹錫以「沉舟」、「病樹」比喻自己，固然感到惆悵，卻又表現出豁達的襟懷。沉舟側畔，有百舸爭流，千帆競發；病樹前頭，正是草木芳菲，萬木逢春。既寬慰自己，也勸慰白居易不必為自己的寂寞蹉跎而憂傷。尾聯順勢而下，點明「酬」和「贈」的題意。今天聽了你為我吟誦的詩篇，讓我意氣風發，暫且借一杯美酒，抖擻精神，振作起來，不但沒有了哀怨之意，反而又激發了進取之心。

📖 拓展

這首詩寫於西元八二六年，白居易卸任了蘇州刺史，劉禹錫奉詔調回，兩人都要去往＿＿＿＿＿，在揚州相逢的酒席上，白居易先送了劉禹錫一首《醉贈劉二十八使君》，劉禹錫又回贈白居易一首《酬樂天揚州初逢席上見贈》。詩中「沉舟側畔千帆過，病樹前頭萬木春」成為膾炙人口的千古絕句。

A. 長安　B. 洛陽　C. 開封　D. 咸陽

大寒

賣炭翁

[唐]白居易

賣炭翁，伐薪①燒炭南山②中。滿面塵灰煙火色，兩鬢蒼蒼十指黑。賣炭得錢何所營③？身上衣裳口中食。可憐身上衣正單，心憂炭賤願天寒。夜來城外一尺雪，曉駕炭車輾④冰轍。牛困人饑日已高，市南門外泥中歇。翩翩⑤兩騎⑥來是誰？黃衣使者⑦白衫兒⑧。手把文書口稱敕⑨，回車叱牛牽向北。一車炭，千餘斤，宮使驅將惜不得⑩。半匹紅紗一丈綾，系向牛頭充炭直。

📖 注釋

①伐薪：砍柴。②南山：指終南山。③何所營：做什麼用。④輾：同「碾」，壓。⑤翩翩：此處指得意忘形的樣子。⑥騎（ㄑㄧˋ）：騎馬的人。⑦黃衣使者：指皇宮內的太監。⑧白衫兒：指太監爪牙。⑨敕（ㄔˋ）：皇帝的命令或詔書。⑩惜不得：捨不得。紅紗：紅色薄綢，見於宋紹興《白氏長慶集》。一作「紅綃」，見於日本元和四年《白氏長慶集》。系（ㄒㄧˋ）：掛。直：通「值」，價格。

📖 譯文

有位賣炭的老人，整年都在終南山裡砍柴燒炭。他滿臉灰塵顯出被煙燻的顏色，兩鬢灰白十個手指也被燻得很黑。賣

炭的錢用來幹什麼？購買穿的衣裳和吃的食物。可憐他身上只穿著單衣，心裡卻擔心炭賤，希望天氣更加寒冷。夜裡城外下了一尺厚的大雪，早晨急忙駕著炭車軋著冰路趕往集市。牛也累了，人也餓了，太陽已升得很高，就在集市南門外泥地上歇息。那得意忘形的兩個騎馬的人是誰啊？是皇宮內的太監和其爪牙。他們手裡拿著文書，口稱是皇帝的命令，吆喝著牛朝皇宮走去。一車的炭，一千多斤，他們硬是要趕著走，賣炭翁卻捨不得。他們把半匹紅綢和一丈綾，掛在牛頭上，就充當買炭的錢了。

📖 賞析

　　前四句寫賣炭翁的炭來之不易。在深山裡「伐薪燒炭」，是艱辛的勞動過程。「滿面塵灰煙火色，兩鬢蒼蒼十指黑」刻劃賣炭翁的肖像，老人早出晚歸，披星戴月，燒炭熱浪灼人，濃煙滾滾，日子久了，呈現出煙燻火灼的膚色。「賣炭得錢何所營？身上衣裳口中食」這一問一答，使讀者清楚地看到，這位老者別無衣食來源，將其貧困悲慘的境遇烘托出來。「可憐身上衣正單，心憂炭賤願天寒」是膾炙人口的名句，如果人們身上衣單，自然希望天氣暖和，但這位賣炭翁卻反常，希望天氣能再冷一些，因為冷天炭更能賣個好價格。「夜來城外一尺雪」四句頓時充滿了希望，他差不多可以如願以償買上冬衣了，但接下來「翩翩兩騎來是誰」將賣炭翁的希望化為泡影。「翩翩」含有諷刺、

挖苦的意味,「手把文書」、「回車叱牛」刻劃了置百姓的身家性命於不顧的宦官形象,當時錢貴絹賤,「半匹紅紗」和「一丈綾」與一車炭的價值相差很遠,這裡「系」應理解為「掛」在牛頭,而不是打結拴扣,故而讀ㄒㄧˋ。透過一個賣炭老人的燒炭、賣炭以及炭車被搶的前後經過,諷刺官方商品交易是用賤價強奪民財。詩中深刻地揭露了宦官們掠奪民間財物的野蠻行徑,對勞動人民傾注了無限同情,催人淚下。

📖 拓展

安史之亂剛剛平定,皇家國庫空虛,為了節省開支,唐德宗李適頒布詔令允許從民間採辦宮廷日常用品,這一制度被稱為＿＿＿＿制度。

A. 宮市　B. 租庸調　C. 算賦　D. 專賣專賣

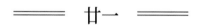

廿一

墨梅

[元] 王冕

我家①洗硯池②頭樹,
朵朵花開淡墨③痕。
不要人誇好顏色,
只留清氣④滿⑤乾坤⑥。

📖 注釋

①我家：原畫中題詩為「吾家」。因王冕與晉代書法家王羲之同姓、同鄉，藉此自比。②洗硯池：寫字、畫畫後洗筆洗硯的池子。③淡墨：水墨畫中將墨色分為清墨、淡墨、濃墨、焦墨四種。④清氣：梅花清香之氣。此處喻人光明正大之氣。⑤滿：全部充實。⑥乾坤：天地。

📖 譯文

我王家洗硯池邊有株梅花樹，每朵花瓣都點染淡淡的墨痕。

不需求別人誇讚它的顏色好，只留清香之氣充滿天地之間。

📖 賞析

這是一首題畫詩，畫面中一枝梅花自右向左橫出，枝幹秀挺，花朵疏朗。以淡墨點染花瓣，墨色清潤。自題原文是：「吾家洗研池頭樹，個個花開淡墨痕。不要人誇好顏色，只流清氣滿乾坤。王冕元章為良佐作。」王冕早年屢次應試不第，遂將舉業文章付之一炬，隱居會稽九里山，種梅千枝，築茅廬三間，題為「梅花屋」，自號梅花屋主，以賣畫為生。此詩大約作於西元一三四九年至一三五〇年間，當時元末階級矛盾和民族矛盾極端尖銳，正處於元末農民起義前夜。此詩讚美「梅」之美德，表達自己的人生態度。

前兩句直接描寫墨梅。「我家」、「洗硯池」是說王羲之姓王，王冕也姓王，「淡墨」是畫裡用淡墨畫法畫成的，將自家園中池前的梅花描寫得極有親近感。畫中小池邊的梅花盛開，朵朵花瓣都用淡淡的墨水點染而成。「洗硯池」化用王羲之「臨池學書，池水盡黑」的典故。

後兩句寫出了梅花的清秀和高潔品質，也是詩人鄙視世俗的自我寫照。墨梅是由「淡墨」畫成的，外表並不豔麗，沒有萬紫千紅、色彩斑斕的「好顏色」，卻獨有精神骨秀、高潔端莊、幽獨超逸的內在氣質。「不要人誇好顏色」是一個否定句，其意義在於強調最後一句「只流清氣滿乾坤」。「留」字在畫中原為「流」字，流放之意，「清氣」既是梅花清香淡雅之氣，又指不向世俗獻媚的清流之氣，是以梅花的清香之氣，喻人之光明正大之氣。「滿」字與「淡」字遙相呼應，放眼望去，一樹梅花，一縷清香，卻是乾坤萬里，滿目生春。

📖 拓展

詩人自小熱愛書畫藝術，勤學苦練，終成大家。詩中「我家洗硯池頭樹，朵朵花開淡墨痕」是化用東晉王羲之「臨池學書，池水盡黑」的典故。王羲之在＿＿＿＿蘭渚山下以文會友，寫出《蘭亭集序》，記述「流觴曲水」一事，被譽作「天下第一行書」，為歷代書法家所敬仰。

A. 琅琊臨沂　B. 浙江紹興　C. 豫州潁川　D. 涼州張掖

廿二

山坡羊‧潼關懷古

［元］張養浩

峰巒如聚①，波濤如怒②，山河表裡③潼關路。望西都④，意躊躇⑤。傷心秦漢經行處⑥，宮闕萬間都做了土。興，百姓苦；亡，百姓苦！

📖 注釋

①聚：聚攏，包圍。②怒：形容波濤洶湧澎湃。③山河表裡：形容地勢險要。出自《左傳‧僖公二十八年》：「戰也！戰而捷，必得諸侯；若其不捷，表裡山河，必無害也。」④西都：指長安。⑤躊躇：痛心，心情不愉快，形容心潮起伏。一作「踟躕」、「躊躕」。⑥經行處：經過的地方。此處指經過秦漢故都遺址。

📖 譯文

群峰攢集層巒疊嶂，黃河澎湃波濤洶湧，潼關路內接華山外連黃河。向西遙望長安，我心潮起伏。令人傷心的是秦漢故都，當年萬間宮殿如今只剩一堆黃土。王朝興盛，百姓要受苦；王朝滅亡，百姓更受苦！

📖 賞析

　　作者途經古來兵家必爭之地的潼關，為景所動，從壯麗山河中聯想到朝代興亡更替，進一步體恤到百姓的痛苦，抒發作者對祖國河山的熱愛，對殘暴統治者的痛恨和對勞動人民的同情。

　　前三句依次由遠至近，描寫潼關壯麗景象，生動形象。開篇用「峰巒如聚」形容崇山峻嶺，層巒疊嶂，延綿不斷；用「波濤如怒」形容黃河的波濤洶湧澎湃，浩浩蕩蕩；用「山河表裡」高度概括潼關地勢十分險要。「聚」和「怒」展現潼關的氣勢與靈性，暗含作者的情感色彩，有力地烘托了作者弔古傷今的悲憤傷感之情。

　　中間「望西都」四句展開想像，以深邃的歷史發展眼光點題懷古，抒發感慨之情。「傷心」二字奠定無盡傷感的主基調，周、秦、漢、北朝、隋、唐等朝均在關中一帶建都，千年的歷史，令作者駐足遠望，思潮起伏，萬千感慨，陷入沉思。曾經凝聚了天下無數百姓血汗的萬千宮闕，在改朝換代的戰亂中，寸瓦尺磚皆蕩然無存，無奈群雄逐鹿，朝代迭替，霸秦強漢，轉眼焦土。

　　末四句「興，百姓苦；亡，百姓苦」一語道破封建社會朝代興亡的本質。歷史上，無論哪一個朝代興起了，必定會大興土木，修建豪華宮殿，勞役繁重，從而給人民帶來巨大的災難。

無論哪一個朝代滅亡了，社會災難頻繁，人民流離失所，民不聊生，在戰爭中遭殃的還是廣大人民。

📖 拓展 ┈┈┈┈┈┈┈┈┈┈┈┈┈┈┈┈┈┈┈┈┈┈┈┈┈┈┈┈┈┈

　　《潼關懷古》洋溢著沉重的歷史滄桑感和現實時代感。張養浩還有《山坡羊·驪山懷古》的「贏，都變做了土；輸，都變做了土。」_____的「功，也不久長；名，也不久長。」《山坡羊·北邙山懷古》的「便是君，也喚不應；便是臣，也喚不應。」同樣都感慨古今巨變，寓意深遠，閃爍著人本思想的光輝。

　　A.《山坡羊·洛陽懷古》　B.《山坡羊·咸陽懷古》　C.《山坡羊·未央懷古》　D.《山坡羊·沔池懷古》

═══ 廿三 ═══

山坡羊·驪山懷古

［元］張養浩

　　驪山①四顧，阿房②一炬③，當時奢侈今何處？只見草蕭疏④，水縈紆⑤。至今遺恨迷煙樹⑥。列國周齊秦漢楚。贏，都變做了土；輸，都變做了土。

📖 注釋

①驪（ㄌㄧˊ）山：在今陝西省西安臨潼區東南。②阿（ㄜ）房（ㄈㄤˊ）：阿房宮，秦宮殿群。③一炬：一把火，指項羽攻入咸陽後，引兵屠戮咸陽，殺死秦王子嬰，火燒阿房宮。④蕭疏：稀稀落落的樣子。⑤縈（ㄧㄥˊ）紆（ㄩ）：盤旋彎曲，迴旋曲折的樣子。⑥煙樹：雲氣繚繞的樹木或樹林。

📖 譯文

在驪山上四處張望，阿房宮已被大火燒沒了，當年奢侈繁華如今在何處？只見野草稀疏零落，水波迴旋曲折。遺恨至今迷失在煙霧瀰漫的樹林中了。周、齊、秦、漢、楚這些王朝。贏了的都化作了土；輸了的也都化作了土。

📖 賞析

作者途經驪山，觸目傷懷而創作一首散曲，引史為證，辛辣地批判了帝王們為爭奪政權而進行的殘酷廝殺，也深刻地鞭撻奪得政權後統治者們大興土木的奢侈行徑。

前三句寫在驪山見到曾是秦朝宮殿的阿房宮，被火焚燒，引發作者的思考。傳說「阿房宮」規模宏大、建築華麗的樓臺舞榭都已不復存在。「奢侈」展現當年秦朝奪得政權後大興土木的奢侈無度，「今何處」的一個發問，點明各個王朝的興亡交替，都是無休無止的破壞。不見昔日的繁華，自然引出下文「草蕭

疏，水縈紆」。如今驪山只有雜草叢生，稀稀疏疏，流水潺潺，盤旋彎曲。在生生不息的大自然面前，古往今來帝王大興土木興建的宏大建築都隨著時代的變化煙消雲散了。

「至今遺恨迷煙樹」是看到秦因奢侈、殘暴而亡國的遺恨已消失在了煙樹之間，更加重作者懷古傷今的情感分量。而這種亡國之恨不只是秦朝才有，周朝、戰國都有，漢朝、唐朝、宋朝也有，如今元朝統治者都已遺忘了前朝敗亡的教訓，在奪得政權之後更奢侈揮霍無度，必將走向敗亡，這也是封建王朝的歷史規律。

杜牧說阿房宮「楚人一炬，可憐焦土」，作者說「贏，都變做了土；輸，都變做了土。」都是對王朝歷史的凝練總結。這句結尾與作者另一首《山坡羊·潼關懷古》的結尾「興，百姓苦；亡，百姓苦。」句式相同，但角度卻有不同，《潼關懷古》是從百姓的角度而言的，《驪山懷古》的結尾是從統治者的角度而言的。

📖 拓展

張養浩，字希孟，濟南人，元代著名政治家，文學家。其為政上品行端正，政事文章皆為當代及後世稱頌，是元代名臣之一。文學上與元明善，曹元用並稱為「三俊」，並與＿＿＿＿積極推動，成功舉行了元朝開國以來第一次科舉考試。

A. 元明善　　B. 曹元用　　C. 關漢卿　　D. 董士選

═══ 廿四 ═══

石灰吟

〔明〕于謙

千錘萬鑿①出深山，
烈火焚燒若等閒②。
粉骨碎身③渾④不怕，
要留清白⑤在人間。

📖 注釋

①千錘萬鑿：無數次錘擊開鑿，形容開採石灰非常艱難。。
②等閒：尋常，平常。③粉骨碎身：一作「粉身碎骨」。④渾：
一作「全」。⑤清白：指石灰潔白的本色，比喻高尚的節操。

📖 譯文

無數次錘鑿才能從深山裡出來，熊熊烈火的焚燒不過是平
常事。

即使面臨粉骨碎身也全然不怕，立志要把一身清白留在人
世間。

📖 賞析

　　據說這首詩是于謙十二歲或十七歲觀看工人鍛燒石灰時，有感而作。這是一首託物言志詩，詩人以石灰作比喻，表達自己為國盡忠，不怕犧牲的意願和堅守情操的決心。全詩風格豪邁，氣勢坦蕩，鏗鏘有力，尤其是那種全然不怕、渾然不懼的少年形象，積極進取的人生態度，凜然正氣的崇高人格，更給予人啟迪和激勵。

　　首句形象地說明開採石灰石不容易。石灰的原料是石灰岩，工人們在深山開採的時候，需求對它進行無數次敲擊錘鑿，這個過程是實寫。「千錘萬鑿」的過程，一方面指出石灰岩本身質地堅硬，寓意堅強的品格；另一方面指出要成為有價值的石灰，需求經歷磨練。次句「烈火焚燒若等閒」是對燒煉石灰石的高度概括。「若等閒」三字象徵仁人志士不避千難萬險，面對嚴峻考驗，都從容不迫，視若等閒。

　　後兩句直抒情懷，表達保持忠誠清白品格的可貴精神。「粉骨碎身」形象地寫出石灰石成為石灰粉的過程，而「渾不怕」又使人聯想到不怕犧牲、勇於奉獻的大無畏精神。尾句的「清白」一語雙關，「清白」是拿石頭的顏色作比，既指石灰潔白的本色，又比喻高尚的節操。「要留清白在人間」氣勢坦蕩，鏗鏘有力，表明詩人立志要做純潔清白的人。這首《石灰吟》也是于謙生平和人格的真實寫照。

📖 拓展 ···

　　于謙一生為官廉潔正直，救災賑荒，深受百姓愛戴。于謙在歷史上的成就時刻，是他在＿＿＿＿＿＿後主持大局，其力排眾議，整頓邊防，積極備戰，成功組織了北京保衛戰，為防止明朝重蹈北宋滅亡的覆轍產生重要作用。很多史學家認為若沒有于謙，大明王朝可能提前一兩百年就會結束。于謙為大明王朝立下如此功勛，但在英宗復辟之後，卻以「謀逆罪」誅殺於菜市口。

　　A. 奪門之變　B. 鄱陽湖水戰　C. 土木堡之變　D. 東林黨爭

═══ **廿五** ═══

別雲間①

〔明〕夏完淳

　　三年②羈旅③客，今日又南冠④。

　　無限山河淚，誰言天地寬。

　　已知泉路⑤近，欲別故鄉難。

　　毅魄⑥歸來日，靈旗⑦空際看。

📖 注釋 ···

　　①雲間：作者家鄉上海松江區，古稱雲間。②三年：指參加抗清鬥爭的這三年。③羈（ㄐㄧ）旅：指寄居他鄉。④南冠（《

ㄨㄢ）：語出《左轉》，春秋時，楚人鍾儀戴故鄉南國的帽子被囚。此處指被羈囚的人不忘故國衣冠。⑤泉路：黃泉路，地下，指陰間。⑥毅魄：英靈，英魂。語出《楚辭》中「身既死兮神以靈，魂魄毅兮為鬼雄。」⑦靈旗：戰旗。古代出征前祭旗，以求旗開得勝。

📖 譯文

三年來為抗清四處流亡，如今又被抓捕成為羈囚。

為無限美好河山而落淚，誰還說這天地之間寬闊？

知道離黃泉路已經很近，永別故鄉心中難捨難分。

等到我鬼魄歸來的日子，從空中看後人出征祭旗。

📖 賞析

作者是明末年齡最小的詩人、民族英雄。清兵下江南時隨父親在松江起義抗清，失敗後，父親夏允彝投水自殉，因此，詩中首聯「三年羈旅客，今日又南冠」點明自己過了三年漂泊的生活，今天又成了囚徒，既是對抗清鬥爭艱苦卓絕的高度概括，又表明自己要像楚人鍾儀那樣，有忠於故國的堅定意志。

頷聯表達對山河淪喪的極度悲憤。清軍入關後，大明江山支離破碎，滿目瘡痍，衰頹破敗。故國已淪喪，滿眼都是「山河淚」，志向已落空，忍不住向上天發出「誰言天地寬」的質問。作者生不逢時，命途多舛，但從小受到良好的國學啟蒙和愛國

主義教育，其收復失地之決心義無反顧，誓死不屈。

頸聯表露詩人對家鄉和親人的無限依戀。詩人自知這次被捕必將為國捐軀，自古忠孝不能兩全，生命行將終結時，內心自然湧起對家人深深的愧疚與依戀。其後絕筆《獄中上母書》更是諄諄囑託，流露出對家人的依戀不捨之情，又將復明大志放在兒女私情之上，表示要「報仇在來世」，展現出視死如歸的氣節。

尾聯表露抱著此去誓死不屈的決心。儘管故鄉牽魂難別，但民族利益高於一切，生前未能完成大業，死後也要親自看到後繼者率部起義，恢復大明江山。詩人堅貞不屈的戰鬥精神，精忠報國的赤子情懷，錚錚鐵骨，日月可昭。

📖 拓展

夏完淳天資聰穎，五歲讀經史，七歲能詩文，九歲寫出《代乳集》，此時名聲已風行江南。其父親、嫡母、生母都沒有被這種盛譽沖昏頭腦，諄諄叮囑他要戒驕戒躁。十二歲起，拜明朝末年大臣、著名學者、民族英雄為師，對其氣節和詩文影響較大。夏完淳還先後從師於大文學家張溥，抗清名將_____、民族英雄史可法、黃道周等，就義時年僅十六週歲。

A. 洪承疇　B. 陳子龍　C. 左良玉　D. 顧炎武

廿六

己亥雜詩（其五）

〔清〕龔自珍

浩蕩^①離愁白日斜，

吟鞭^②東指即天涯^③。

落紅^④不是無情物，

化作春泥更護花。

📖 **注釋**

①浩蕩：廣博浩大的樣子，無限。②吟鞭：詩人的馬鞭。多以形容行吟的詩人。③天涯：比喻距離很遠。④落紅：落花。

📖 **譯文**

面對夕陽滿懷無限離愁，策馬揚鞭從此遠行天涯。

花瓣凋落不是無情之物，化作春泥更能養護鮮花。

📖 **賞析**

龔自珍是清代思想家、詩人、文學家和改良主義的先驅者。《己亥雜詩》中多詠懷和諷喻之作，洋溢著愛國熱情。此為組詩中第五首，詩人告別故友如雲、寓居多年的京城，回到自己的世界裡，希望能有一番作為。全詩多用象徵隱喻，尤其是

「落紅不是無情物，化作春泥更護花」一句，想像豐富奇特，在無限感慨中表現出豪放灑脫的氣概。

前兩句敘事、抒情、寫景三者夾雜，書寫詩人離開京城南歸故里的情景。「浩蕩離愁」表露詩人的愁緒無邊無際，還蘊含著對當時社會的不滿、對當政者的憤然、對人民生活的擔憂等多種複雜感情。「白日斜」是寫景，透過白日西斜的景色來描寫詩人心中愁緒。因為「離愁」鬱積在胸中，所以感覺傍晚的夕陽也沒有絲毫生機，「白日」要比「夕陽」的色彩慘淡，與心情相吻合。次句「吟鞭東指即天涯」說明路途山遠水長，指出詩人逃出了令人窒息的官場，可以在更廣闊的世界裡策馬揚鞭了，描繪一幅傍晚時分，騎在馬上，面向故鄉的畫面。

後兩句以落花為喻，抒發報國之志。「落紅不是無情物，化作春泥更護花」化用陸游的「零落成泥碾作塵，只有香如故。」詩人辭官回家如同花落歸根，化為春泥，抒發自己積極向上的人生態度。花開有情，落花並非無情，花開有用，落花並非一無是處，「化作春泥」後仍然具有價值和功用。龔自珍回到家鄉後執教於江蘇丹陽雲陽書院，甚至準備赴上海參加反抗外國侵略的戰鬥，心中一直懷有高度關懷民族命運、國家命運的愛國激情。

📖 **拓展** ⋯⋯⋯⋯⋯⋯⋯⋯⋯⋯⋯⋯⋯⋯⋯⋯⋯⋯⋯⋯⋯⋯⋯⋯⋯⋯⋯⋯⋯⋯⋯⋯⋯

《己亥雜詩》是龔自珍在西元一八三九年創作的自敘組詩，共＿＿＿＿＿首。寫了平生處世、著述、交遊等，或議時政，或述

見聞，或思往事，題材非常廣泛，內容頗為複雜，大多借題起，抨擊社會。西元一八九九年又為己亥年，黃遵憲仿龔自珍《己亥雜詩》之例，也作了《己亥雜詩》八十九首。

A. 一百二十五　　B. 兩百五十　　C. 三百　　D. 三百一十五

廿七

己亥雜詩（其一百二十五）

[清]龔自珍

九州生氣①恃②風雷，
萬馬齊喑③究④可哀。
我勸天公⑤重抖擻⑥，
不拘一格⑦降人才。

📖 **注釋** ··

①生氣：活力，生命力。②恃（ㄕˋ）：依賴，仗著。③喑（一ㄣ）：啞，不能說話。④究：到底，畢竟。⑤天公：神話中自然界的主宰者。⑥抖擻：奮發，振作。⑦不拘一格：不局限於一個規格、標準。

📖 **譯文**

全國活力依賴風雷激盪，政局毫無生氣畢竟令人悲哀。

我勸上天重新振作精神，打破常規標準選用傑出人才。

📖 **賞析**

西元一八三九年，詩人毅然辭官回家。在回鄉的旅途中，他目睹生活在苦難中的人民，不禁觸景生情，思緒萬千，即興寫下一首又一首詩文。在這首詩中，深刻地表達了龔自珍對清朝末年死氣沉沉的社會局面極度不滿，因此他積極呼喚社會變革，並急切地召喚人才打破局面，改變沉悶、腐朽的社會現狀。

從前兩句可以看出，詩人清醒地看到了清王朝已經進入衰世，是日之將夕。用「萬馬齊暗」來比喻一切生氣都已被扼殺，朝野上下沒有一個人敢站出來說話，死氣沉沉的現實社會確實令人覺得悲哀。詩人生活在清末，由於吏治的腐敗，導致海關走私嚴重，鴉片貿易猖獗。官場中結黨營私、相互傾軋、賣官鬻爵、賄賂成風；軍隊裡裝備陳舊、操練不勤、營務廢弛、紀律敗壞；財政上國庫虧空、入不敷出。道光帝也失去了早期君主銳意進取的精神，掌政風格日趨保守和僵化。要改變這種現狀，就必須依靠風雷激盪般的巨大改革力量。

後兩句運用移花接木的手法，表現詩人渴望推翻黑暗統治，出現一個嶄新世界的願望。「天公」是上天，也是暗指以

皇帝為代表的朝廷政府,「不拘一格」充分表現了詩人開闊的胸懷,遠大的目光,具有策略性的設想。雖然清政府尊崇儒學,按歷代漢族王朝傳統開設科舉,但西方列強已在醫學、天文、地理、數學、建築學、哲學等多方面超越清政府。詩人認為打破這種僵局的重要手段是制度和人才,兩者互為因果。用「九州」、「風雷」、「萬馬」、「天公」這樣具有宏大特徵的主觀意象,期待能打破制度體系的束縛,湧現出傑出人才,期待變革,呼喚未來。

📖 拓展

　　梁啟超言:「晚清思想之解放,自珍確與有功焉。」龔自珍自幼便顯示出創作才華,但科舉應試一直不順,直到三十七歲參加第六次會試,方考中進士。在殿試中卻以「＿＿＿＿」,不列優等,將龔自珍置於三甲第十九名,不得入翰林。後來曾國藩在對咸豐皇帝上書中,也對這一不合理的潛規則進行過抨擊。

　　A. 言語不圓妙　　B. 舉止不便捷　　C. 楷法不中程　　D. 策論之浮華

═══ 廿八 ═══

贈梁任父①同年②

〔清〕黃遵憲

寸寸河山寸寸金，
侉離③分裂力誰任？
杜鵑④再拜憂天淚，
精衛⑤無窮填海心。

📖 **注釋**

①梁任父：即指梁啟超，梁啟超號任公。②同年：稱科舉同榜或同年考中者。③侉（ㄎㄨㄚˇ）離：這裡指分割。④杜鵑：相傳為古蜀王杜宇之魂所化。⑤精衛：古代神話中的鳥名，傳說為炎帝幼女溺死海邊所化。

📖 **譯文**

祖國的每寸土地都珍貴如金，如今被列強瓜分，誰能擔當救國重任？

像杜鵑一樣為國運啼叫呼喚，像精衛神鳥那樣，不平東海誓不罷休。

📖 賞析

　　黃遵憲是清朝著名的愛國詩人、外交家、思想家、政治家、教育家、文學家、史學家，歷任駐日參贊、舊金山總領事、駐英參贊、新加坡兼馬六甲總領事等職。黃遵憲一八七六年考中舉人，梁啟超一八八九年十七歲中舉，兩人並非同榜或同一年考中者，且年齡相差二十五歲，黃遵憲稱其為「同年」，可見對梁啟超才華和能力的認同、尊重和對與之共事的殷殷希望。

　　首句詩人飽含深情地讚美祖國的大好河山，次句表達面對山河支離破碎，國家風雨飄搖，詩人憂心忡忡。詩中連用兩個「寸寸」疊音，蘊含著詩人對大好河山的無限熱愛。「侉離」一作「瓠離」，就是把瓠剖開，瓜分豆剖，形象地指出當時中國被列強瓜分的現實。清政府於西元一八九五年與日本簽署《馬關條約》，割讓臺灣和澎湖列島及其附屬島嶼，失去藩屬朝鮮國等。洋務派李鴻章建立的北洋艦隊也全軍覆沒，宣告洋務運動最終失敗。詩人面對的已是山河破碎，民族危機，災難深重的祖國，不禁情感強烈地仰天長問「力誰任」？

　　後兩句化用兩個典故，表達為挽救國家民族危亡而鞠躬盡瘁、死而後已的堅定決心。「杜鵑」一句是傳說望帝化為杜鵑，對著叢帝哀叫，直到啼出血後死去為止。詩人以杜鵑自比，表達了深切的憂國之情，呼喚著國家棟梁之材出世。「再拜」是在

禮節上表示隆重，展現詩人一片拳拳愛國之心。「精衛」一句是溺死在東海裡的炎帝的女兒，化為精衛鳥，經常銜石塊投入東海，想要把大海填平。「無窮」表達雖然力量微弱，鬥志卻極為堅強。用精衛填海這個典故，象徵詩人報國之情有百折不回的毅力和意志。

📖 拓展

　　西元一八七六年，急於變法維新的光緒皇帝在北京召見了黃遵憲，黃遵憲以極大的熱情，投身到以康有為為首的維新變法運動中。這是邀請梁啟超到上海辦＿＿＿＿時寫給梁的一首詩。詩中表達了詩人為國獻身，變法圖存的堅強決心和對梁啟超的殷切希望。

　　A.《萬國公報》　B.《清議報》　C.《時務報》　D.《新民叢報》

══ 廿九 ══

示兒

[南宋] 陸游

死去元知①萬事空②，

但悲③不見九州④同。

王師⑤北定⑥中原日，

家祭⑦無忘⑧告乃翁⑨。

📖 注釋

①元知：原本知道。一作「原知」。②萬事空：什麼也沒有了。③但悲：只是悲傷。④九州：古代中國分為九州，指代中國。⑤王師：指南宋朝廷的軍隊。⑥北定：將北方平定。⑦家祭：祭祀家中先人。⑧無忘：不要忘記。⑨乃翁：你們的父親，指陸游自己。

📖 譯文

我本知道死去之後萬事皆空，只是悲傷沒能見到國家統一。

當朝廷軍隊收復中原失地時，祭祀日你們不要忘記告訴我。

📖 賞析

嘉定二年十冬月二十九日，南宋文學家、史學家、愛國詩人陸游與世長辭。在臨終前所作《示兒》相當於遺囑，表達了詩人臨終時複雜的思想情緒和他憂國憂民的愛國情懷。詩中既有對抗金大業未就的無窮遺恨，也有對神聖事業必成的堅定信念，濃濃的愛國之情躍然紙上。

前兩句是萬事都能放得下，只這一件擱不下的遺言。「元知」是本來就知道，「萬事空」是說人死後萬事萬物都無牽無掛

了。古人說「鳥之將死，其鳴也哀；人之將死，其言也善。」本該萬事皆空，無牽無掛了，但陸游放不下的是沒有親眼看到祖國統一。陸游生逢北宋滅亡之際，因受宰臣秦檜排斥而仕途不暢，投身軍旅，一生致力於堅持抗金鬥爭。「但悲不見九州同」的「悲」表明自己心有不甘，心境悲愴。拳拳愛國熱忱，從詩人臨終遺言中噴湧而出，催人淚下，發人深省。

後兩句化悲痛為激昂，並對子嗣們深情囑託。陸游早已將個人生死置之度外，雖然沒有看見國家統一，但堅信「王師」終會平定中原，光復失地，所以叮囑他的兒子們「王師北定中原日，家祭無忘告乃翁」！讓兒子們「無忘」，正見自己心中的念念不「忘」，把希望寄託於後代子孫，這正是他愛國熱忱的理想化，也是陸游愛國思想的深度和愛國情懷的高度。

📖 拓展

西元一二〇八年，在南宋奸臣、宰相史彌遠的主持下南宋與金議和，訂立了「＿＿＿＿＿」，象徵南宋北伐徹底失敗。西元一二〇九年秋，陸游悲痛萬分，憂憤成疾，入冬後，病情日重，十冬月二十九日（西元一二一〇年一月二十六日）與世長辭，彌留之際留下絕筆《示兒》作為遺囑。

A.紹興和議　B.嘉定和議　C.海上之盟　D.隆興和議

除夕

除夜作

[唐]高適

旅館寒燈獨不眠，

客心①何事轉淒然②？

故鄉今夜思千里，

霜鬢③明朝④又一年。

注釋

①客心：指自己的心事。②淒然：淒涼悲傷的樣子。③霜鬢：白色的鬢髮。④明朝（ㄓㄠ）：明天。

譯文

獨自在旅館面對一盞寒燈難以入眠，

是什麼事情讓我心情如此淒涼悲傷？

今夜故鄉的人在思念千里之外的我，

我已鬢髮斑白而明天又是新的一年。

賞析

詩題《除夜作》本應喚起人們對這個傳統佳節的很多歡樂記憶，然而這首詩中的除夜卻是另一番情景。

　　首句所包含的內容非常豐富而且啟人聯想，「旅館」點明此處不是團聚於故園，詩人在除夕之日仍羈旅天涯；「寒燈」點明此時不是燈火通明，而是清冷的孤燈伴隨詩人內心的孤寂，營造出與除夕歡樂團圓夜截然不同的意境，「獨不眠」點明家家戶戶燈火通明，歡聚一堂，而自己卻遠離家人，身居客舍，無法入眠。兩相對照，不覺觸景生情。

　　第二句是重要的轉承句，也是另外三句的總括，用設問的形式將思想感情更加明朗化。詩人是因何事「轉淒然」呢？詩人沒有明說，但從詩中第一句、第三句和第四句可以推斷出，一是除夕之夜獨自一人寄居旅館；二是對故鄉親人的無比思念；三是感慨年華易逝人生易老。

　　第三句「故鄉今夜思千里」又不一樣，其他三句是實寫，這一句是虛寫，很像白居易《邯鄲冬至夜思家》中的「想得家中夜深坐」一句，詩人並沒有直接表達對自己故鄉的思念，而是透過親人「今夜思千里」的曲筆方式，含蓄地抒發自己的思親情懷。

　　尾句的「明朝又一年」呼應題目，表明「今夜」是除夕，思念之情由舊的一年又將帶到新的一年，這漫漫無邊的思念之苦，又要為詩人增添多少新的白髮？全詩巧妙含蓄，別出心裁，很有韻味，寫出了遊子家人兩地相思之情，思鄉之苦，感人肺腑。

📖 拓展

　　高適是唐朝玄宗時期大臣，邊塞詩人，與＿＿＿＿、岑參、王昌齡合稱「邊塞四詩人」。高適在玄宗時期曾出任淮南節度使，討伐永王李璘叛亂，討伐安史叛軍，解救睢陽之圍等，去世後冊封渤海縣侯。《舊唐書》中說「有唐以來，詩人之達者唯適而已」。說明高適是唐代詩人中唯一被封侯的人，成為唐朝地位最顯赫的詩人。

　　A. 李賀　　B. 王翰　　C. 王之渙　　D. 李益

臘月

錦瑟

［唐］李商隱

錦瑟無端五十弦，

一弦一柱思華年。

莊生曉夢迷蝴蝶，

望帝春心託杜鵑。

滄海月明珠有淚，

藍田日暖玉生煙。

此情可待成追憶，

只是當時已惘然。

錦瑟

名句摘錄

山不厭高，海不厭深。周公吐哺，天下歸心。

—— 曹操《短歌行》

疾風知勁草，板蕩識誠臣。

—— 李世民《賜蕭瑀》

事了拂衣去，深藏身與名。

—— 李白《俠客行》

朱門酒肉臭，路有凍死骨。

—— 杜甫《自京赴奉先縣詠懷五百字》

讀書破萬卷，下筆如有神。

—— 杜甫《奉贈韋左丞二十二韻》

爾曹身與名俱滅，不廢江河萬古流。

—— 杜甫《戲為六絕句·其二》

天時人事日相催，冬至陽生春又來。

—— 杜甫《小至》

為人性僻耽佳句，語不驚人死不休。

—— 杜甫《江上值水如海勢聊短述》

十月江南天氣好，可憐冬景似春華。

—— 白居易《早冬》

晚來天欲雪，能飲一杯無。

—— 白居易《問劉十九》

十年磨一劍，霜刃未曾試。

—— 賈島《劍客》

男兒何不帶吳鉤，收取關山五十州。

—— 李賀《南園十三首·其五》

歷覽前賢國與家，成由勤儉破由奢。

—— 李商隱《詠史二首·其二》

憑君莫話封侯事，一將功成萬骨枯。

—— 曹松《己亥歲二首》

今朝有酒今朝醉，明日愁來明日愁。

—— 羅隱《自遣》

不經一番寒徹骨，怎得梅花撲鼻香。

—— 黃檗禪師《上堂開示頌》

人言落日是天涯，望極天涯不見家。

—— 李覯《鄉思》

踏破鐵鞋無覓處，得來全不費工夫。

—— 夏元鼎《絕句》

位卑未敢忘憂國，事定猶須待闔棺。

—— 陸游《病起書懷》

苟利國家生死以，豈因禍福避趨之。

—— 林則徐《赴戍登程口占示家人·其二》

名句摘錄

拓展答案

十月·孟冬	答案	冬月·仲冬	答案	臘月·季冬	答案
初一	B	初一	B	初一	A
初二	B	初二	B	初二	A
初三	D	初三	B	初三	B
初四	B	初四	C	初四	A
立冬	C	大雪	B	小寒	D
初六	B	初六	B	初六	A
初七	B	初七	A	初七	A
初八	A	初八	C	初八	A
初九	D	初九	C	初九	B
初十	A	初十	A	初十	A
十一	C	十一	B	十一	B
十二	D	十二	A	十二	C
十三	B	十三	C	十三	D
十四	C	十四	D	十四	B
十五	C	十五	A	十五	A
十六	D	十六	D	十六	A
十七	D	十七	B	十七	C

十月·孟冬	答案	冬月·仲冬	答案	臘月·季冬	答案
十八	D	十八	C	十八	A
十九	A	十九	D	十九	B
小雪	D	冬至	D	大寒	A
廿一	B	廿一	A	廿一	B
廿二	D	廿二	A	廿二	A
廿三	C	廿三	B	廿三	A
廿四	A	廿四	C	廿四	C
廿五	B	廿五	B	廿五	B
廿六	C	廿六	D	廿六	D
廿七	B	廿七	C	廿七	C
廿八	B	廿八	B	廿八	C
廿九	A	廿九	B	廿九	B
三十	A	三十	B	除夕	C